淘寶黃金手

卷三 豪門秘辛

羅曉 著

目錄

淘寶
黃金手

第四十一章

救命之恩

周宣把魚再放回魚缸中。
金魚依然歡快地游動著，沒有絲毫的不順暢。
周宣一笑，得意地扔掉刀片，回到床上躺下來睡覺。
這一下睡得踏實極了，老爺子的病，
他終於可以毫不懷疑地解決掉了！

周宣再把冰氣運給第二條魚，將牠的尾部轉化了五分之一，這條金魚也毫不例外地沉到了水底，但腦袋卻向著上面使勁擺動，拼命想游回上面去。由於尾部貼著玻璃缸底部，牠只能無力地掙扎，至少暫時還是活的，大口大口地張嘴一呼一吸吐著水。

周宣抓了抓頭，第三魚暫時就沒動牠，心想：最好是等到六個小時後，看看金魚變換回來後的生死狀態再決定下一步。

暫時無事，周宣把把箱子裏以前買的一些書拿出來翻看，基本功一直是他的弱點，雖然現在比以前好很多，但仍然是個不入流的級別。

書看得有點累了，再看看時間，才只過了一個小時，但眼睛有些睜不開了，乾脆就練起冰氣運行。運了幾遍氣，精神是好些了，周宣再躺到床上，眼睛瞧著牆壁，開始琢磨牆壁那邊是什麼樣兒？

冰氣自然也就沿著床透過去，牆那邊是魏曉晴！

這妞兒居然也還沒有睡，手裡抱著個枕頭，自言自語地說：「你古怪，你神經，打死你，打死你，看你還搞什麼鬼！」

周宣頓時無語，不用想都知道她在說誰。不過周宣對她倒是沒有半分企圖，因爲一想到她，周宣就會想到傅盈，這個他只要一想起就會心痛的女孩子！

唉，假如能再看到傅盈的話，周宣一定會拉住她的手不再鬆開！也許，這一生都再也不能見到她了。或許時間久了，愛情也會淡了吧。

周宣想著，迷迷糊糊竟睡著了。醒過來的時候，他揉揉眼睛，瞧瞧窗外，天還沒亮。忽然又想起了自己測試的金魚，周宣趕緊坐起身，瞧了瞧表，剛六點過幾分，隨即起身到桌邊看望小魚缸裏的金魚。一條還在游動，另外兩條已經挺著白肚子，仰翻著躺在水底。

周宣心裏一怔，趕緊把手伸進魚缸，那兩條金魚的身體已經僵硬，應該是死了！

黃金形態是轉化回來了，但魚也死了！

周宣抓抓頭，想了想，決定再試這最後一條金魚。那兩條魚都死了，或許是因爲他轉化的是牠們的整個身體，而不是極微小的細胞分子。

周宣再度運起冰氣，這次冰氣先是分析了金魚體內的細胞分子結構，然後再將其中極微小的一部分細胞轉化爲黃金分子，數量上絕不足以危害到金魚的生命。

那就好像是人身上被割了一點小傷口，會流一點血，會損失一些細胞，但卻沒有生命危險一樣。

在轉化了極小部分的細胞分子後，再觀察金魚，牠仍然在水中自由地游來游去。

周宣再運起冰氣，激發金魚體內的血液流動速度，把轉化爲黃金的細微分子分離出來，流動到血液中。而血液中的冰氣，周宣是能控制的。

因爲魚是冷血動物，身體內的血液相對來說少一些，所以運行的速度沒有人和陸地上的

動物快，但周宣還是沒費什麼勁，就把魚血液中的黃金分子逼到了尾部。

周宣想了想，到洗手間裏拿了刮鬍刀片，然後回房把金魚從魚缸裏抓出來，用刀片小心地在尾部割了一個極小的口，冰氣再一逼，血液就將黃金分子逼出體外。

金魚的尾部流了一丁點血液出來，但血卻是金黃色的，而不是紅色。

做完之後，周宣把魚再放回魚缸中。金魚依然歡快地游動著，沒有絲毫的不順暢。

周宣哈哈一笑，得意地扔掉刀片，回到床上躺下來睡覺。這一下睡得踏實極了，老爺子的病，他終於可以毫不懷疑地解決掉了！

再醒就是給一陣敲門聲鬧醒的，門外是魏曉晴的聲音：

「都什麼時候了，還不起床！」

周宣一怔，瞧了瞧表，居然十點鐘了！趕緊起床穿衣，才去開了門。

魏曉晴散著頭髮，素著臉，這樣子有點像漫畫裏的美少女。

「好好地不睡覺，深更半夜又起來折騰，這下好了吧，大家都起來了，爺爺還專門要我們不要來打擾你，讓你多睡一會兒。誰知道你不爭氣，硬是睡到十點都還不動，哼哼，一家人都在等你一個人，你讓不讓我們吃早飯啦？」

魏曉晴的話讓周宣臉紅不已，趕緊說：「好好，我洗臉刷牙，馬上下去。」說完，趕緊跑進洗手間裏洗漱。

周宣洗漱完畢走到房間裏，魏曉晴居然還在，此時正臉露怒容，一手抓著一條死魚，氣呼呼地道：「你！你這個變態的傢伙！」

周宣頓時訕然，那兩條死金魚的屍體自己沒有處理，仍然丟在桌子上，天氣熱，都有點發臭了。

這確實沒法解釋，周宣只能裝傻閉嘴。

魏曉晴想了想，還是把魚缸抱了出去，邊走邊哼哼道：「真變態啊，活生生的金魚就這麼被你弄死了！」

周宣跟在她後面沒說話，反正自己的試驗也達到了目的，損失幾條金魚怕什麼呢，回頭給她補上就行了，她說就說吧。

客廳裏，魏曉雨和魏海洪陪坐在老爺子身旁，薛華居然也沒有上班去，還在陪著老爺子說著話。

周宣一下樓，老爺子就招了招手：「小周，快過來坐下！」

老爺子臉色好了許多，茶几上放著一隻碗，裏面的粥只剩一點點，顯然是老爺子吃的。

在叫周宣的時候，周宣覺得這老爺子就只是個普通的慈祥老人，也沒有了那指揮千軍萬馬時的威風煞氣。

看到魏曉晴氣呼呼地端著個小魚缸，魏海洪詫道：「曉晴，你端個魚缸做什麼？」

周宣還沒坐下，便趕緊對魏海洪說：「洪哥，我有話跟你說！」

「哦！」魏海洪瞧著周宣，微笑著站起身，然後拉了周宣到二樓的房間裏。

周宣到了房間裏，魏海洪指著沙發說：「坐下說吧。」

「洪哥，」周宣猶豫了一下才說，「我昨晚想到了一個解決難題的方案，是關於老爺子的病的，所以抓了幾條金魚試驗了一晚，結果死了兩條。不過問題倒是解決了！」

「那有什麼，不就是兩條金魚嘛，當然是老爺子的病要緊啊。」魏海洪笑呵呵地回答著。

「我不是這個意思。」周宣遲遲疑疑地回答著，「洪哥，我不知道應該怎麼說。」

「在老哥面前，沒什麼不能說的，你說吧。」魏海洪安慰地拍著周宣的肩膀。

周宣點點頭，有點吞吞吐吐地道：「洪哥，老爺子的病，我也許能幫他根治！」

魏海洪一怔，當即睜圓了眼，怔了怔才問道：「什麼？」

老爺子的病是胃癌末期，而且九十多歲的高齡，已經不可能再開刀動手術了，所以周宣這話著實讓魏海洪吃驚！自己這個新交的兄弟是有些特異之處，以前一直覺得他很樸實，運氣又好，後來被他救了一命後，又覺得他有些本事，現在看來，自己這個兄弟何止是不一般，簡直就是個奇人異士，是他一生中可遇而不可求的貴人啊！

「我是說，」周宣瞧著魏海洪，定定地說：「我能把老爺子的病完全治好。」

看著周宣眼睛裏的信任和堅決，魏海洪忽然血往上湧，感動萬分。

魏海洪沉思了一下，拉著周宣的手說：「兄弟，別的老哥我就不說了。以後你就是我的親兄弟，老爺子年紀大了，本來天年已盡，但你又給了老爺子多活幾年的機會，可以這樣說，你對老爺子做的比我這個親兒了做的還多，老哥也不跟你客套了，以後，你的事就是我的事，沒有人可以動得了你了。」

魏海洪這話也說得明白，他不會強求周宣說出秘密，而且會替他保守秘密，只要他有這個想法，再加上老爺子的保護，誰能把他再怎麼樣？

周宣露出笑容，說道：「洪哥，吃飯吧，吃過飯我再給老爺子治一治，完了咱們就出去逛街，瞧瞧我那個老大，大概他心裏還慌著呢。」

王嫂做的菜全都是比較清淡的。本來想讓老爺子吃一點，但老爺子根本不能吃，能喝一點粥就不錯了。按理說，胃癌末期，胃的功能已經完全喪失，是不可能吃得了任何東西的，營養都是透過點滴輸送的。

但周宣的冰氣異能實在是太過匪夷所思，這些天，老爺子不僅能吃，而且想吃了，甚至胃部還有點空蕩蕩的感覺，就想吃東西。

看到老爺子的好轉，魏海洪夫妻和魏曉晴姐妹都大鬆了一口氣，和周宣一起隨便吃了點

東西。在吃飯的時候，魏海洪心裏雖然高興，但還是忍住了，什麼都沒說。

吃過飯後，周宣略略喝了一點茶，然後回到客廳。老爺子精神頗好，正在看電視新聞。

周宣走過來，老爺子就拍拍身邊的沙發，微笑道：「小周，坐吧。」

周宣呵呵笑了笑，道：「老爺子，不坐了，我想請您到房間裏，再給您瞧瞧。」

老爺子訝然道：「還瞧麼？呵呵，那好！」

周宣扶著老爺子慢慢上了樓梯，到了二樓房間裏。外面，魏海洪早叮囑了曉晴姐妹和妻子薛華，不要去打擾。

在房間裏，周宣扶著老爺子躺下，然後說：「老爺子，我想跟您聊聊天，好不好？」

老爺子笑笑說：「有什麼不好？我老頭子戎馬一生，沒幾個瞧得上眼的人，你這個小夥子倒很奇怪，讓我第一眼就覺得很順眼。呵呵，老頭子我挺喜歡你這個小夥子，我家老三啊，什麼事我都瞧不順眼，唯獨交了你這個朋友，是他做得最好的一件事！」

「呵呵，」周宣倒是有些訕訕然，「老爺子，我也沒有您老說得那麼好，我想跟您說的是，您老知道自己的病嗎？知道病情的程度嗎？」

老爺子淡淡笑道：「人生自古誰無死？我老頭子活了九十歲，統領過千軍萬馬，殺的人不計其數，呵呵，到現在，都是過眼雲煙，過眼雲煙啦。人都是要死的。十歲也是個死，九十歲還是個死，老頭子我已經活了九十年，兒孫滿堂，國家興旺，還有什麼放不下的？」

周宣對老爺子如此看得開，也不覺得意外，畢竟老爺子絕非一般人能比，停了停才微笑著道：「老爺子，如果……如果我能治好您老的病呢？」

說實在的，在醫院時，周宣幫他弄的那一下，老爺子就覺得他的功力不一般，但老爺子又想，再不一般，這個世界也不會有神仙吧？

這個病，老爺子自己可是清楚得很，他年歲已高，各個器官都到了衰竭的地步，再加上是胃癌末期，動不動手術都是個死，這般拖著，身體承受的痛苦太難受，早已是只求速去，落得個痛快。但周宣這意思，顯然是說他還有得治。

若是別人說，老爺子自然當他是江湖騙子，把他轟出去了。在他接受治療的軍醫院，從醫療設備到醫師人才，都是國內最頂尖的，多少國家重量級人物都是在那療養，還有什麼地方比那裏的醫療水準更高嗎？

但這話是周宣說的，老爺子就不得不有些信了。因爲他對周宣的能力是知道的。周宣只握著他的手，讓他的身子熱了一陣，然後他就能走能動能吃了，這能說不神奇嗎？

這絕不是什麼江湖騙子做得出來的！騙子就怕見真章，而周宣卻是真真實實地幫他減除了痛苦。就算死，老爺子也很感激周宣了。但這時，周宣卻給了他更大的希望！

是啊，人都是一樣，好死不如賴活嘛。如果沒病沒痛的活，他還真想看到曉晴、曉雨結

婚，看魏傑替他添重孫子，看國家更加富強……可這能成真麼？

周宣見老爺子神情迷離，又道：「老爺子，我昨晚想了一晚，找出了辦法，應該能根治您老的病。不過您也知道，這個病到了晚期是不能醫治的了，所以，我幫您治好病後，請老爺子保守秘密，我只希望咱倆以後都能安靜安全地生活！」

老爺子清醒過來，瞧著面前的周宣，嘆息了一聲，有些意興闌珊地道：「真能麼？唉，如果你想，那就試試吧，我願意配合你。怎樣你都不用擔心，我會讓海洪給你安排好的。」

現在，老爺子的胃基本上已經被癌細胞侵噬，不過周宣昨天的全力施爲倒是把癌細胞逼到了角落一團，雖然潛伏不動，但周宣還是感覺得到癌細胞的兇狠。

聽了老爺子這話，周宣便不再說話，凝神把冰氣調運好，然後將老爺子的胃部病區全部包圍起來。

冰氣與癌細胞一碰，癌細胞就不再退縮，被瞬間激發起來，但也就在這個時候，周宣凝神一用勁，將冰氣接觸的癌細胞轉化成了極微小的金分子，癌細胞的兇狠勁立即減退下來。

這種減退可不像昨天那般。昨天彷彿是割了草，把癌細胞的身體斬掉了一部分，但草的根部還在土裏，只要時間一到，它又會長出來；但現在不同，轉化的細胞就彷彿是掘去了根部，斷了它的源頭，癌細胞就徹底少了。

周宣把轉化掉的一部分癌細胞從胃內壁上逼出，一部分吸入血管中，連根拔掉的癌細胞頓時減弱了大約二十分之一的樣子。

這樣做雖然減少了一部分癌細胞，但由於很傷血氣，不可能減太多，得讓胃和身體血氣恢復到常態，才能進行下一次。而且轉化太多的話，也會金屬中毒，那兩條金魚便是如此死掉的。

但這樣周宣就很滿意了。因爲這個方法確實可以徹底地把老爺子的病源斷根，只是需要一點時間。

周宣瞧了瞧房間裏，沒有趁手的東西，趕緊到樓梯口叫道：「曉晴，麻煩你幫我找一柄小尖刀或者針上來！」

周宣說完，又迅速回到房間裏，老爺子這兒他得守著，他可不是金魚，不能有一絲疏忽。

急急上樓進房的不只是曉晴，還有魏曉雨、魏海洪夫妻，他們都跑上來了。

魏曉晴沒有拿刀，而是拿了一根繡花針。周宣也沒有解釋，從她手中接過針，把老爺子扶起身來坐著，用冰氣把老爺子血液中的黃金分子逼到左手小手指處，然後拿針在手指尖扎了一個孔。

頓時，滴滴答答滴了十來滴血，魏曉晴姐妹和魏海洪夫妻都瞧得驚奇，這血竟然沒有一

絲紅色，全都是金黃色的！

然後，周宣又把手貼在老爺子背上，以便幫他把胃裏的血塊逼上喉部，最後一拍，老爺子「哇」地一下噴了一口血出來。

眾人又是嚇了一跳！這血又是金黃色的！

不過，老爺子噴了血之後，精神反倒更旺盛了些，摸摸小手指處，那兒已經沒有再滴血出來。

別人只看到老爺子精神好些了，但老爺子自己才知道，他何止是精神好些了，那感覺就是跟十年前一樣，自己能走能動，一點事都沒有了！

老爺子擺擺手，讓扶他的人鬆開手，然後自己站起身來在房中走了幾步，又到窗前站著，凝視著窗外，房間中的人都不敢打擾他。

老爺子獨自沉默了好一會兒，然後再回過身來，凝視了一下眾人，這才說道：「你們都在，我說一聲，這事情以後你們誰都不能往外傳，知道嗎？該怎麼說，我自己會向外面解釋！」

魏曉晴姐妹和魏海洪夫妻都答應一聲。不過眾人之中，也只有魏海洪一個人能明白老爺子的意思。

老爺子又道：「海洪，你和小周留下，我有話跟你們說。」

魏曉晴嗔道：「爺爺！」

老爺子眼一瞪，道：「都出去，爺爺有事說。」

魏曉晴只得嘀嘀咕咕跟著莊華和她姐姐一起出去。

待到眾人走後，周宣瞧了瞧魏海洪和老爺子，抓了抓頭，笑笑說：

「洪哥，老爺子這病我確實能治好，不過治一次需要調理幾天，待血液和身體恢復後才能進行第二次治療，總共需要大約二十次左右吧。估計要兩個月，老爺子這病才能完全斷根。」

魏海洪喜道：「兄弟，真的？」

老爺子自己也點了點頭，嘆道：「小周，你這左手一到，我身體內的力量好像就回到了十多年前！我不知道爲什麼你會有這種能力，但我很感激你。」

魏海洪應了一聲，恭敬地聽著老爺子說話。

「老三啊！以前，事事我都罵著你，不給你好臉色，那是因爲你不如你大哥二哥名利心重，不入仕途也不好好做事。但我近五十歲才有了你，你媽也最寵你，你做生意搞什麼名堂，我都看在眼裏，只要不太過，我都睜隻眼閉隻眼，畢竟兒孫都是要生活，要吃飯，只要你不犯大錯，就依了你。這麼多年來，我唯一高興的，就是你結交了小周這個朋友！」

魏海洪低了頭道：「爸，兒了也知道自己不爭氣，跟大哥二哥不能比。」

「算了，不說這個！」老爺子微微笑了笑，說：「老三，你安排一下小周家裏人的事吧，用不用我打聲招呼？」

魏海洪當即抬頭笑道：「爸，這事哪用得著你出頭？兒子還有點關係。您出聲那可就是大材小用了，呵呵！」

老爺子擺擺手，道：「小周的事，你就好好當自己的事處理吧！我睏了，要睡一下。」

周宣和魏海洪出了房到樓下，客廳中，魏曉晴跟薛華兩個正嘰嘰咕咕地說個不停，魏曉雨則坐在沙發上看電視。

魏曉晴一見到魏海洪就問道：「小叔，爺爺說什麼了？」

魏海洪哼了哼，道：「爺爺說，趕緊找個人把你嫁了，省得成天煩人惹事！」

魏曉晴嘟起了嘴直哼哼。

魏海洪拉著周宣往外走，邊走邊道：「兄弟，我們出去逛逛走走。」

阿昌早把車子開了過來，魏海洪和周宣剛鑽上車坐下，魏曉晴就跟著鑽進車裏。

魏海洪詫道：「曉晴，你幹嘛？」

「你們出去逛怎麼不帶上我？好玩好吃的也不能獨佔啊！除非你們是去不正經的地方。」魏曉晴顯得很有理的樣子，「帶我去吧，要不，我可要跟小嬸和爺爺告狀！」

魏海洪本想瞪眼，可魏曉晴對他小叔一點都不害怕，理也不理就把車門拉上了，叫阿昌開車。

周宣笑笑說：「去就去吧，人多熱鬧。阿昌，開車吧。」

阿昌回頭問魏海洪：「老闆，去哪兒？」

「怡景樓！」魏海洪說了一聲，然後對周宣道：「因爲老爺子的身體，王嫂飯都做得很清淡，走，我們先去吃一餐，吃飽了再去幾個樓盤瞧一瞧。」

魏海洪又想到一件事：「兄弟，要不要把你那個老鄉叫過來一起吃飯？」

「也好！」周宣笑笑說，「恐怕他正六神無主呢，叫他出來散散心也好！」

魏海洪笑笑，遞過手機給周宣。

電話通了，周宣道：「老人，是我！」

一聽到周宣的聲音，張老大就氣急敗壞地叫道：「弟娃，你怎麼現在才打電話過來啊？」

「哦！」周宣怔道：「出了什麼事嗎？」

張老大定了定神道：「沒出事。我收拾了行李，帶老婆躲到一個小賓館裏，但還是有人找到了我，要我帶個話，說只要放過賀老三，出多少錢都行！都把我搞糊塗了！」

周宣側頭對魏海洪說了，魏海洪淡淡道：

「讓你老大自己考慮，我倒覺得不能他隨便找人來說了就放過他。再等幾天看看，讓賀老三在火上烤烤。再跟你老大說說，放不放由他決定，因為這是他的事。即使要放，也得狠狠敲他一下，讓他知道點痛！」

手機就拿在周宣手裏，魏海洪跟他挨得很近，電話那頭，張老大早聽得清清楚楚的，心裏驚疑不定，這個洪哥好大的口氣！不過又不得不信，因爲賀老三的勢力他可是知道，但現在對方找上門來，屁都不敢放一個，只是好言好語的求他，看來弟娃倒真是遇上貴人了！

周宣還沒說話，張老大就說道：「弟娃，我知道了，拖就拖吧，你們說了，我心裏就有個數。」

周宣呵呵笑道：「有數就好。老大，你現在有空不？有空就來怡景樓吃頓飯！」

張老大聽得洪哥就在周宣旁邊，正想結識這個大佬，當即喜道：「好，我馬上過來。」

第四十二章
頂級豪宅

就憑這個地產外觀，氣勢就已經非同凡響，
一排幾棟高層大廈，外觀裝修極為豪華，
周宣得仰頭才看得到樓頂，陽光照射下，很是壯觀美麗。
廣場左側的停車場裏，無一不是豪華名車、超級跑車。

怡景樓是個餐廳，周宣沒來過北京，當然不熟，魏曉晴倒是嘆道：「小叔，這兒我有一年沒來過了，上次也是你帶我來的吧！」

魏海洪哼了哼，說道：「你還逃跑不？」

魏曉晴搖搖頭，有些黯然地說：「再不跑了，爺爺這個樣子，我哪兒都不去了！」

魏海洪見她這個樣子，孝心倒是很真，也不忍心再說她，下了車，餐廳的侍者招呼著阿昌把車停到車場裏。

女服務生把他們四個人帶到了二樓的雅間裏，周宣還特意交代了一下，等一會兒張老大過來把他帶到這兒來，服務生記下了。

先上了茶，還沒點菜，也不過十分鐘的時間，張老大便火急急趕到了，服務生把他帶到房間來後，周宣站起來拉他坐下，張老大卻是盯著魏海洪，抹了抹額頭的汗水，滿是佩服的眼神。

周宣這時正式介紹著說：「老大，這位是洪哥，也就是我跟你說起過的朋友，像我親大哥一般的人。」

張老大也不含糊，恭恭敬敬叫了一聲：「洪哥！」

魏海洪搖搖手，笑道：「你是我小周兄弟的朋友，那就是我的朋友，別的也不用說了，我點菜了！」

周宣又指著阿昌和曉晴說：「這位是阿昌大哥，你見過的，這位是洪哥的侄女兒曉晴！」

張老大對阿昌可是記憶猶新，一個人奪槍制服一群歹徒，也就一剎那的功夫，高人啊！當即興奮叫道：「阿昌大哥，謝謝你！」

張老大臉上神采煥發，一是覺得結交到洪哥、阿昌這樣很了不起的人十分高興，二是腰包裏忽然又變得充足了，由以前的一百萬猛漲到四百萬，這喜悅如何能止得住？昨晚在賓館想了一夜，張老大決定先回老家看看再做打算，就算啥都不幹，有這四百萬在老家也夠過日子了。

可魏海洪卻不這麼想，他倒是有心把張老人也籠絡一下，讓他在北京安心住下來。賀老三的事解決了，也應該讓他安了心。他在這裡的話，想必周宣有個伴會好得多。

「小叔，點菜吧，我都快餓死了！」魏曉晴等得有些不耐煩了。

魏海洪呵呵一笑，把菜單遞給她，說：「你點吧，想吃什麼就點什麼！」

張老大馬上說道：「弟娃、洪哥，這次你們幫了我這麼大的忙，今天這頓飯就由我來請，盡個心意！」

「老大！」周宣拖他坐下，笑笑說：「別說這些，坐下安心吃飯，這頓飯我來請！」

魏海洪也笑說：「在北京這個地方還要你們來買單的話，那你洪哥這臉往哪兒擱？」

「都別爭了，小叔、周宣，你倆誰買單都成，反正你倆都是有錢人，天天這樣吃也吃不窮，我點菜了！」魏曉晴說著，招手將服務生叫到身邊來點菜。

「黃燜魚翅，灌湯黃魚，油燜大蝦，」魏曉晴翻著菜單，一邊看一邊點著，「九轉肥腸，烏魚蛋湯，清湯燕窩……」

魏曉晴一邊說，那女服務生一邊記，張老大卻是頭皮一陣發麻！

沒吃過豬肉也見過豬跑，魏曉晴叫的這些全都是最貴的菜，這一餐吃下來，價錢就是個未知數，不過好在荷包裏銀子充足！

最先上的一道菜是黃燜魚翅。魏海洪叫服務生拿了一瓶十五年的五糧液，這種酒一千五一瓶，本來是想要五十年的五糧液，但怡景樓斷貨了。

服務生打開酒瓶，然後挨個地倒酒，阿昌單獨要了一罐可樂，他不喝酒，因爲要開車。

魏海洪端了酒杯舉起來，笑說：「兄弟，小張，慶祝認識，來乾一杯！」

酒杯只有拇指大，一杯酒下肚，味道有點甜，不像老家那種私釀老米酒辛辣勁大。

周宣其實酒量並不大，但這酒實在不夠勁，喝了沒感覺，以前在老家，喝酒都是用碗的，沒這麼斯文。阿昌就以可樂代酒，也跟著乾了一下，只有魏曉晴不理會他們。

魏海洪放下酒杯，指著菜說：

「怡景樓的魚翅很不錯，選用的是菲律賓呂宋島的黃翅，整翅烹燒，完全靠幾個鐘頭的火候，把魚翅中的膠原蛋白全部燉入湯中，所以湯汁濃醇鮮美，翅肉翅針軟爛糯香。在烹飪魚翅的過程中，每一個細節和步驟都足以影響口感，一旦發翅過久導致爆皮，沙粒就會黏在翅肉和翅針上；若出水去腥不當，出品又會腥氣難當；倘若燒的時間不足，翅肉翅針就完全達不到軟爛的效果……」

「小叔！」魏曉晴嗔道，「你是帶我們來聽菜的呢，還是來吃飯的？」

魏海洪笑笑道：「吃飯吃飯，不說了！」

周宣見這道黃燜魚翅色澤金黃，香味撲鼻，光看外觀已經是饞涎欲滴了，魏海洪說完後，魏曉晴毫不客氣就夾起一塊放入口中，軟軟滑滑的，咀嚼幾下吞下肚後，只覺口裏鮮香怡人，回味無窮！

接下來的幾道菜都是周宣聞所未聞見所未見的菜，比如說那灌湯黃魚吧，看外表，那條魚完好如生，絕看不見魚身肚腹有刀傷痕跡，但用筷子刺穿後，夾裏著粒粒小珍珠丸的湯汁便緩緩湧出，再劃破魚腹，卻不見有內臟腸胃之類。

周宣很是驚訝，這魚不曾破肚，那內臟又如何取出來的？又如何塞進那麼多奇珍佳餚？

魏海洪常來這兒，自然是知道這些奧妙之處，笑笑說：

「兄弟，這道菜啊，最難的地方有三點，一是整魚脫骨，二是湯汁燒製，三則是灌湯煎炸燒。灌湯黃魚最離奇與最珍稀處，就是在於它囊朗朗乾坤於腹中卻周身滴水不漏，於是這

去腸取骨卻肚腹不破的技術，就成了這道菜的最難之處。

生魚取骨的訣竅在魚的嘴鰓之處，劃一小口將腹中物取出，然後例行清洗去腥步驟，灌湯，再封口進行燒製。

湯汁一般是用瑤柱、燕窩、魚翅、裙邊、鮑魚、海參等八種海料加清雞湯熬成，成品湯料清得能望見湯碗底的花紋，但味道卻鮮美醇厚。

將此湯爆入味，與湯汁一起灌入魚腹之中，再進行封口炸燒，上桌時，所有的湯汁都被封在魚身之內。」

周宣和張老大聽得都有些瞠目結舌，從沒想過做菜也有這麼多講究。

接下來，那烏魚蛋湯也是讓他們大開眼界。聽魏海洪說，烏賊口中有蛋，屬海中八珍之一。烏魚蛋是貢品級別的海珍，產於山東日照。日照的烏魚蛋是由當地特產金烏賊的卵巢加工而成，將新鮮墨魚的產卵腺割下，用明礬和食鹽混合的湯液脆漬，脫水後蛋白質凝固，就成了乳白色扁圓形的卵狀固體。

這小小的烏魚蛋內含多種營養及微量元素，味道鮮美，可冬去寒夏解熱，非常名貴，甚至在釣魚臺還被列爲國宴湯。

一餐飯吃下來，簡直就像吃了一頓國宴一般，周宣這才隱隱感覺到，什麼是上流社會的生活。一般普通人哪有能力消費這些啊，這一餐起碼也得幾萬塊吧，普通人怎能承受得起？

到了吃得差不多的時候，周宣藉著上洗手間的機會溜到櫃檯結賬，一共是一萬一千三百塊，他身上沒有現金，自然是刷卡買單。

魏海洪的酒量應該不小，但一瓶酒喝完居然沒有再叫，張老大覺得有些意猶未盡，但洪哥不開口要，他也就沒有再讓服務員拿酒上來。

其實魏海洪不是不想喝，他瞧得出來張老大也有幾分酒量，但周宣的酒量卻是不行的，再喝就醉了，喝醉了還怎麼去看房子？

吃飽喝足，張老大叫道：「服務員，買單！」

「對不起先生，那位先生已經買過單了。」服務員指著周宣回答。

魏海洪笑了笑，這個兄弟！但也沒有再爭論，說道：「走吧，買了就買了吧，自家兄弟不說這些。」

等魏海洪和周宣幾個人都出去後，張老大才偷偷問了問服務員：「多少錢？」

服務員的回答讓張老大直發愣，隨手眼都不眨一下地付了一萬多，這還是自己心目中那個月入千八百薪水的周弟娃嗎？看來自己可能也估計錯了，這麼多年沒見面，自己都能混得百十萬身家，周宣為什麼就不能發財起家？

估計弟娃的身家絕不比他張老大少。可就算他有百來萬的身家，要天天出去吃一萬多一

頓的飯，那是打死也不幹的。難道弟娃發大財了？

看看他這個神秘朋友洪哥的樣子，想來也極有可能，這個洪哥在張老大心目中不僅僅只是個有錢人。如果說只是個普通有錢人，那也不可能隨手處置賀老三這樣的人啊！

出了怡景樓，周宣和魏海洪以及魏曉晴依舊上了阿昌開的大奔車，張老大開了他的索納塔，按魏海洪的吩咐，直奔西城的宏城花園而去。

宏城花園是新開發的高檔別墅區，樓價已經排在北京房價的前三名，據說買房子的都是超級富豪，或是一線影視明星，業主們個個非富則貴。

宏城花園廣場的售樓處就在右側，就憑這個地產外觀，氣勢就已經非同凡響，一排幾棟高層大廈，外觀裝修極爲豪華，周宣得仰頭才看得到樓頂，就像老家那些峭壁懸崖貼了各色的玻璃一樣，陽光照射下，很是壯觀美麗。

廣場左側的停車場裏，無一不是豪華名車、超級跑車，而他們這輛大奔反顯得一點也不突出，張老大的那輛索納塔就更顯得寒酸透頂了。

張老大有些汗顏，一直爲自己買車而自豪，但到了這兒才知道，自己只是一條毛毛蟲而已。不知道洪哥把他們帶這兒來幹什麼？

售樓處外面懸掛的廣告幅上清楚寫著：「宏城花園盛大發售。」老天！他那四百萬可就只夠買一百平方的房子，但這一期賣的全是別墅，最低面積都是三百平方以上，售價最低也是上十萬，位置好點的，價格還要更貴，這可不是他們能來的地方！

但魏海洪早拉著周宣進售樓處了，阿昌和魏曉晴自然也跟了進去。張老大摸摸頭，算了，買不起瞧瞧也是可以嘛。

人廳裏人也不少，男男女女，不過張老大怎麼看怎麼覺得，這些男人帶的漂亮女人不是二奶就是小蜜。看來看去，還是自己這幾個人正常一點。

售樓大廳裏有十來個售樓小姐，各個身材高挑，眉目如畫，杏眼含春，十分誘人！再瞧瞧那一身穿的，周宣倒沒覺得什麼，張老大卻是嚇了一跳！

售樓小姐穿的一身套裝，竟然全身上下都是亞曼尼的！這一身的行頭，價錢至少都得好幾萬！

張老大上次帶劉玉芳逛街時瞧見過，當時也是直咋舌，後來狠下心咬牙買了一套三千多塊的衣服給劉玉芳，還心疼了半天。那亞曼尼的衣服，打死他也不會買！

看來人靠衣裝佛靠金裝這話是對的，連售樓的員工都配置得這麼高檔，想來這房子是沒得說了！

四個人在廳中一張小圓桌邊坐下，桌子上有宏城花園的廣告宣傳單。魏海洪拿了一張瞧了瞧，馬上就有一個售樓小姐笑盈盈走過來，微笑著問：

「先生，請問有什麼需要？」

「介紹一下房子吧，看看有沒有合適的！」魏海洪扔了那張宣傳單。

這個售樓小姐很漂亮，膚色很白，左胸前隆起的地方別了一個金色的小牌子，上面是幾個黑色的字，周宣隔得近，瞧見是「宏城花園售樓部肖盈」幾個字。

看到這幾個字時，他不禁又想到了傅盈！

這個肖盈雖然漂亮，但與傅盈和魏曉晴相比，卻是相去甚遠。周宣心裏哼了哼，不自覺地想著，你也配叫這個「盈」字！

那個肖盈當然不知道周宣的念頭，不過，她的眼光輕輕掠到了魏曉晴的臉上。

女人總會注意到比自己更漂亮的女人。魏曉晴雖然穿得普通，遠不及她身上的名牌套裝，但她身上自然流露的那種神采和高貴的氣質，卻是她無法企及的。

怔了怔後，肖盈發現魏海洪仍在盯著她，便趕緊說道：

「先生您好，我們宏城花園現售的是二期別墅，別墅的位置和配套設施，都是北京最好的。您來這兒，想必是衝著我們宏城的名氣來的，我給您介紹一下，目前二期別墅一百套僅剩三十七套，您要不要瞧一下實品屋？」

魏海洪點點頭，站起身說：「好，瞧瞧現樓更好，實際一點。」

肖盈當即道：「請稍等！」便回身到裏邊的電腦台邊拿了幾張名片，給四人一人一張，然後微笑著說：「請多多關照！」說著微微躬了一下腰，左手攤開：「幾位請！」

到門外，肖盈拿著小型的掌上對講機，招來了一輛六人座的電動觀樓巴士，幾個人上車後，她自己則坐到了前邊的位置。

巴士司機往北邊的方向開去。

不得不說，宏城花園別墅區的綠化環境很好，隔遠一點看的話，鬱鬱蔥蔥的樹林幾乎遮斷了水泥路徑，沿途過去，每一棟別墅都間隔了一百多米，別墅前邊還有一條人工河，從車上看河裏，水清悠悠的可見到底。

一直到第七棟時，肖盈才叫停了車。

這棟別墅跟一路過來見到的規格和形狀都是一樣的，三層樓，外觀裝修得美輪美奐，建築面積大概有三百到四百平方之間，加上一三樓，總面積超過一千平方。別墅周圍還有接近四百平方的私家花園。

肖盈下車，等魏海洪四個人都下了車後，才到前邊帶路。

別墅裏面空蕩蕩的，還沒有裝修，不過格局和環境的確不錯。肖盈帶著他們一邊參觀一邊介紹說：

「二期別墅北邊的這些別墅，建築面積基本上都是三百七十五平方，三層樓，總面積有一千零四十八個平方，二樓和三樓一共有七間臥室，一樓有客廳、餐廳、廚房，另有兩間客

房，地下還有一個能容納四輛車的超大車庫！」

這樣的房子，張老大是想都不敢想的。周宣倒是還好，這段時間因爲經常在豪宅裏混，見這房子也不覺得太稀奇。

肖盈再看魏海洪，他也是神情淡然，好像不是太滿意的樣子。

「先生，這房子在目前西城來說，配置設施是最高標準，區裏還有高級會所、游泳池、健身俱樂部，一應俱全。這個別墅的售價是每平米四萬零八百八十八元，總價爲四千二百八十五萬元人民幣！」

肖盈報了房價，偷偷瞧了瞧幾個人的表情，畢竟像她們這兒的房子沒幾個人能買得起，而這幾個人都有點面生，雖然她本身不是富豪，但做這行，來看房的都是超級有錢人，久了也認得不少北京的富豪。

魏海洪和周宣都沒什麼感覺。只有張老大嚇得張口結舌，四百萬的身家在他自己看來已經是極爲自豪了，不想自己那點錢在這裏最多只能買到一層樓的四分之一，看來，北京真不是他們這種人能來的地方。

說實話，這房子周宣倒是想買，二樓三樓夠自己和父母弟妹住了，再花個幾百萬一裝修，買些傢俱回來，這家也就像樣了。在大城市過久了，還真有些留戀，這個世界上，也沒有哪個人不喜歡享受吧。

何況自己的確也買得起，不然賺那麼多錢幹什麼？死了也帶不走。周宣可不想當他老祖宗周扒皮那樣的人，買了房他還剩二億六七千萬，剩下的錢還不知該怎麼花呢。

周宣想了想，正要徵求一下魏海洪的意見，卻見魏海洪皺了皺眉，說道：「北面的光線和環境都不如南面，買房子的人都喜歡坐北朝南，有沒有朝南的房子呢？」

肖盈怔了怔，沒料到這樣的房子他們都瞧不中，怔了一下才回答道：「南面只有十二套，不在我們發售的計畫中。」

肖盈之所以這麼說，是因為宏城花園的總經理曾經說過，南面那十二套是集團老董留下來要賣給他朋友的。十二棟別墅都是請頂尖的設計師設計，裏面也全部按照國際頂尖風格裝修出來，同樣的面積不同樣的價格，而且不公開發售。

「是嗎？」魏海洪淡淡地道：「那我們先回售樓部，找你們經理談談。」

肖盈有些為難的面色，說道：「我們經理很忙，您不妨再考慮考慮這房子，這已經是同類房中最好的了，再說，南面的別墅價錢也高過這邊很多，您不妨考慮一下吧。」

魏海洪擺擺手打斷了她的話，轉身對周宣道：「先回售樓部。」肖盈這話有些令他惱火，這種瞧不起人的樣子，總是令人不爽的。

周宣卻是鬆了一口氣，說實在的，他一直在猶豫是在北京買房還是回老家鄉下置產。鄉

下是單純一些，不過又捨不得魏海洪這樣的朋友。在北京，有魏海洪在，至少不用擔心受別人的欺負吧。這個世界，可不是光有錢就大個兒了。

肖盈很惱火，這幾個人，一個看起來城府頗深，另兩個不像有錢人，又帶了個比自己漂亮得多的女孩子在一起，自己也不方便發揮女人的魅力。

其實，在售樓這一行業中，售樓小姐的潛規則一直存在。在房地產行業中，售樓小姐的分紅提成很高，賣一套房，售樓小姐一般可以提成幾萬至幾十萬不等，像這樣的豪宅，那至少有上百萬的獎金，誰能不心動？

說了這麼多，魏海洪卻是沒有一點心動的樣子，硬是要回售樓部。算了，回去後再找機會說說，要是能讓他掏幾十萬的定金先付下，就算以後不買，那自己也有提成。

房產公司都有規定，如果看房滿意後，付了定金或者首期款後又不想要房了，定金是不退的，首期款則按比例退還，售樓小姐對這個定金也是有提成的。

再次回到售樓處大廳裏坐下後，魏海洪對肖盈說道：「小姐，叫你們經理過來一下。」

肖盈真有些不耐煩了，南面的別墅不對外銷售，而且就算經理同意，那她也沒有提成啊，這樣的生意她哪裡願意做！

「對不起，先生，那邊的別墅我們不對外銷售，至少暫時是這樣的！」

「哦！」魏海洪也懶得再理她，掏出手機來找了個號碼，撥了號後把手機貼在耳邊。

肖盈表情冷淡地瞧著他，這個人好像很自大，可自己也在豪門圈子中混了不少日子，認識的富豪們也不少，從來沒見過這樣的人，估計也就是暴發戶吧。

不過肖盈還是不敢太過分，畢竟能來這兒看房的，也都是能掏幾千萬出來的大款，蛇有蛇路，龜有龜道嘛，現在社會上關係都挺複雜，誰也說不清。

電話一通，魏海洪呵呵笑了笑道：

「老陳，在幹嘛呢？我在你們宏城花園。還能幹嘛，買房唄。你們售樓小姐不賣，叫經理也不出來，呵呵，老陳，你自己過來啊？那也好，免得我一火把你這店砸了！」

旁邊的肖盈卻是有些疑惑起來，聽他的口氣，好像認識宏城的高層？自己倒是不知道宏城花園老闆是什麼人，只知道公司的總經理及各部門的經理。

場面沉默了一陣，周宣想開口讓魏海洪就此回去，但見他面色不善，又不好說什麼，張老大倒是一直在瞄著廳裏幾個售樓小姐的胸部，似乎他那眼睛能看穿外層的衣服一般。魏曉晴卻是饒有興趣地瞧著魏海洪，很想看看她小叔幹出些什麼事來。

忽然，售樓部裏間匆匆走出來一個二十七八歲的女子，也是一身亞曼尼套裝，年紀大了些，但顯得更有一種豔麗的風塵味。

魏海洪瞧見她似乎有些眼熟，一時沒想起來是誰。

那個女子卻是滿臉堆著笑，老遠就說道：

「三哥，你怎麼來了？搞到我下面的人來得罪你，還是我老闆打了個電話給我才知道！」

肖盈轉頭瞧著這個女子，見她的笑容卻是對著魏海洪的，不由得怔道：「楊經理，你認得他？」

那個楊經理哼了哼，道：「工作態度要好一點兒，惹了事，誰也幫你擔不了責！」

魏海洪聽見肖盈說了一聲「楊經理」時，腦子裏一動，頓時想了起來，呵呵道：

「楊薇，是你啊，差點沒想起來，你以前不是在北方證券嗎？怎麼轉行了？」

「三哥，您老人家是貴人多忘事，不過，像我這樣的普通女生又哪裡入得了您老人家的法眼呢！」楊薇又笑又嗔地說著，「沒辦法，要生活啊，東邊不亮西邊亮，我也就轉到宏城來討碗飯吃了！」

周宣頓時有些作嘔，這個楊薇其實倒是不醜，人很漂亮，雖然年紀略大，但這番話卻是嗲得讓人難受。

伸手不打笑臉人，何況是老相識！魏海洪倒也不好意思再冷臉相對，笑笑說：

「你們這售樓小姐的素質得加把勁啊，是看我們沒錢是吧，就算不賣房吧，也不能生意不做，冷眼相對吧。」

楊薇陪著笑臉說：「三哥，你還跟她計較嗎？陳董馬上就趕過來了，稍等就陪你們一起逛，您想要哪一棟就給您哪一棟。現在，我先給您老人家賠個不是！大不了我也塡進去，想要怎麼處罰我，都隨三哥了！」

魏曉晴眨了眨眼睛，問楊薇：「問你一個問題可以嗎？」

楊薇歪著頭瞧了瞧魏曉晴。眼裏閃過了一絲妒忌，這個女孩又漂亮又年輕，跟魏海洪恐怕關係不簡單吧，看來她還是年紀大了，女人年紀一大就害怕。

不過楊薇可不是普通角色，俗話說，售樓小姐一個頂十個，像她們這頂級豪宅招收的售樓小姐那又比別的更加出眾，百裏挑一啊，她這個經理能簡單麼？

楊薇瞧著魏曉晴嬌豔青春的臉蛋，微微笑道：「小姐，挺有手段的嘛，說吧，什麼問題？」說著又瞧了瞧魏海洪。

魏海洪立即便知道楊薇這話的意思，不用說，她是以爲魏曉晴與他有什麼不正當關係呢，一時有點心虛。

以前，魏海洪與楊薇有過幾次床上關係，不過魏海洪在外面花天酒地，對老婆薛華卻是從來沒半點分手的念頭。在他心裏，家庭還是第一重要的。男人可以花，但不能無情，更不能無恥，這是他做事的原則。當然。在外面交往的女人，他從來都不會吝嗇金錢，談錢可以，但不談感情。

魏曉晴卻是臉上笑吟吟地道：「你跟他是不是上過床啊？」說著，白嫩嫩的手指頭指著小叔魏海洪。

魏海洪老臉忍不住一紅，喝道：「曉晴！」

楊薇卻沒有不好意思，笑道：「哦，你吃醋了吧？這個問題我不方便回答，你想知道的話，就問三哥自己吧。」

魏曉晴又笑吟吟地問魏海洪：「小叔，是她自己叫我問你的啊。你說呢？」

聽到魏曉晴叫魏海洪「小叔」時，楊薇倒是怔了一下，再瞧瞧魏海洪的表情，當即知道自己弄錯了，原來這女孩是他侄女兒！

好在楊薇也是久經沙場的老手，反正話誰都聽得明白，她也到底沒有真正承認過有這事，訕訕笑了笑，道：「我說笑的，小妹妹不要當真，呵呵，三哥怎麼會瞧得中我呢。」

正說話間，售樓大廳門外又走進來三四個人。楊薇一見就趕緊說道：「陳董到了！」

周宣見來的幾個人中，走在最前面的那個五十多歲的男人很有氣勢，後面幾個人一看動作和表情，就知道是跟班而已。

那男人老遠就瞧著魏海洪笑著打招呼：「洪哥，難得啊，怎麼跑來我這兒露金身啊，呵呵。」

魏海洪也站起身跟他握了握手，說：「老陳啊，你這廟太大，我進不來，進來了不受歡迎。」

陳董臉上依舊笑容濃濃，拉著魏海洪的手一直沒鬆開，輕輕拍了拍他肩膀，笑道：「老三啊，小女生不懂事，你不是來看房的麼？那就先看房吧，只要是我宏城裏的房子，你看好哪棟我給哪棟，就算賣出去的，我也會拿回來給你，行不？晚上再擺一桌，我讓那女娃子給你賠罪，到時候你想怎麼賠就怎麼賠。」

陳董依然是犯了楊薇一樣的錯誤，不過也難怪，誰也不會想到魏海洪把自個兒的親侄女帶出來吧。

魏海洪好端端來買房，卻給鬧了這麼一齣醜事來，又發作不得，訕訕地道：「說正事說正事，老陳，今兒我帶了我兄弟小周來買房。這是小周，周宣，以後還要你多多照顧，我親兄弟一樣的關係！」

陳董聽魏海洪這話說得十分鄭重和正經，因此很留意了一下周宣，笑呵呵跟周宣也握了握手，道：「小周，幸會幸會。洪哥的兄弟，那就是我老陳的兄弟，好說好說。」

魏海洪為避免陳董再說漏嘴，趕緊又介紹著魏曉晴和張老大兩個人：「這個，是我親侄女兒曉晴，我大哥的小女兒，這個是我朋友張老大！」

陳董一聽這話，臉上也正經多了，呵呵笑著說：「哦，原來是魏小姐啊，我說呢，北京城就沒見過這麼漂亮的小姐呢，原來是魏家千金，難怪難怪！」

說變臉就變臉，而且不需要任何遮掩，魏海洪也不得不佩服陳董的變臉技術，到底是老人精啊。他現在的表情就彷彿剛才根本沒說過要楊薇賠罪那回事，一本正經的樣子，甚至有些正氣凜然。

魏曉晴本來還想嘀咕幾句，恐嚇一下，但人家老陳對她彬彬有禮。雖然很做作，但馬屁拍得十分高明啊，說女孩子漂亮的客套話，哪個女孩子不喜歡聽？也就忍住嘴沒再說。

陳董做事倒是爽快，也不拖泥帶水，拉著魏海洪道：

「老三，咱們也別磨蹭了，看房去吧。」

第四十三章

超級富翁

張老大一邊跟著進別墅一邊想著，
又看到陳董那笑眯眯的面容覺得很面熟，
努力想了一下，不禁吃了一驚！他忽然想起來了，
這個陳董不就是陳於中嗎？
富比士富豪榜上排名前十位的超級富翁！

出來廣場上，楊薇同肖盈叫過兩輛接駁巴士，一行七八個人分乘兩輛車，陳董一揮手，讓司機往南面開去。

陳董拉了魏海洪坐一輛車。當然，楊薇和肖盈也坐在了他旁邊。不過倒是正經危坐，沒再說笑。

張老大同周宣、魏曉晴和阿昌四個人坐一輛。經過河邊的別墅，果然是跟北面那些別墅不同，而且建築面積和花園面積都大得多。別墅與別墅之間的距離也寬得多，至少有五百米吧，每一棟別墅都好像是在山間裏獨立的一棟，又安靜又不孤單。設計者確實很費了些心思。

車開到八號樓時，陳董便叫停了車，笑笑道：「八號樓，這邊一共十二棟。八號樓數字也最吉祥，看看怎麼樣？」

魏海洪下了車，向周宣招手道：「兄弟，過來瞧瞧，喜歡就買下來。」

張老大這時一怔，直到現在他才明白，原來要買房子的是周宣。可是他又有些糊塗，弟娃就算發了財，那也不可能買得起這房子啊。北面那一棟就要四千多萬，這一棟還不更貴了？四千多萬啊，就是紙，那也有小山般的一堆啊！

難道是洪哥買來送給他？這可不好，受人錢財，與人消災，弟娃那點本事能給人家消什麼災？雖然瞧上去，洪哥人挺好，但伴君如伴虎，人是沒那麼好交往的，還是抽個空把弟娃叫回鄉下去，自己那四百萬是他的功勞拿回來的，就當他有兩成在裏面，分給他一些，在鄉下做點生意吧，比這兒安全。

張老大一邊跟著進別墅一邊想著，又看到陳董那笑瞇瞇的面容覺得很面熟，努力想了一下，不禁忽然吃了一驚！

他忽然想起來了，這個陳董不就是陳於中嗎？富比士富豪榜上排名前十位的超級富翁！張老大慢慢注意了下陳董，越瞧越肯定，在報紙上和電視中見得多了，只是沒見過真人！中國十大富豪之一啊，竟然對洪哥這般熱情，看樣子還不是一般的親熱，洪哥到底是什麼來路啊？

張老大一時心裏忐忑起來，鬧不清魏海洪的真正意圖，又對周宣怎麼認識洪哥的也毫不知情，不知道他們之間是利益關係，還是老闆與員工的關係？但瞧來都不像，弟娃那樣子根本就不像是替洪哥做事的。

這邊的別墅可跟北面的不一樣，裏外都裝潢好了，大體上只能用四個字形容：「超級豪華！」

一樓的建築面積起碼有四百五十平方，房間和客廳都是很大，一樓還有一座室內泳池。其他像健身房、佣人房、廚房、車庫一應俱全。車庫也是四輛車的超大車庫，別墅外面的私家花園面積差不多八百平方。

二樓、三樓的房間都是按五星級酒店的標準來裝潢的，張老大都瞧得有些癡了。住在這樣的房子裏，即使睡著了都會笑醒！

周宣當然喜歡，但這個房子的價錢肯定跟北面的不同了。房子方位更好，居住面積和花園也大了很多，而且房間裏面是裝潢好的，像這樣的裝潢，費用不會比房子的造價低多少！

魏海洪瞧著周宣有些心動的表情，知道他是喜歡的，便笑笑問陳董：

「老陳，這房子多少錢？」

陳董笑了笑，對楊薇示意了一下，楊薇也不知道陳董是什麼意思，他沒明說，那自己就按照實際的標價說吧。

「南面的十二棟別墅，是我們公司請一流的設計師，按照一流的方案和一流的標準設計的。每層樓面的建築面積是四百五十平方，別墅總面積爲一千一百平方。私家花園面積爲八百平方。這十二棟別墅不公開發售，是保留戶，由總公司挑選申請名單，獨立發售的。銷售對象主要是影視界一線明星，或者國內外超級富豪或社會名流。」

楊薇按著公司決策上的規定說了出來，事實上也是這麼辦的，這十二棟別墅花費了極大的心血，用意就是替公司打造巨大而持久的廣告效應。

說到這裏，楊薇又瞄了瞄陳董，見他面色並沒有什麼不悅，這才又說了下去：

「公司制定的內部定價是五萬八千八百八十八元每平米，這十二棟別墅的單價是統一的，售價為六千四百七十七萬六千八百元人民幣。」

張老大聽得腳一陣發軟！老天爺，六千四百多萬，是他想都不敢想的事啊！

魏海洪瞧瞧周宣，問道：「兄弟，怎麼樣？這房子滿意嗎？」

周宣點點頭，嘆道：「洪哥，這房子我要是還不滿意，那我不得被雷劈了？這房子沒得說！」

魏海洪呵呵笑道：「滿意就好。老陳，就這麼定了，到售樓部辦個手續吧，我轉賬給你！」

陳董瞇了瞇眼，這時更發現魏海洪是有意抬舉周宣。魏海洪是什麼人他可清楚得很，從來只有別人討好他、巴結他，還沒見他這麼不惜餘力不惜金錢的為別人做事的，這個周宣，倒是值得他注意了。

如果洪哥對他這麼重視，那麼跟他拉好關係，就等於是跟魏海洪拉好了關係。想一想就知道，這房子值六千多萬啊，拿六千多萬來送人，這個人要麼是他的血源親屬，要麼就是掌握了他命脈的人。

瞧瞧這個周宣，年紀輕輕，看不出來有什麼異常。但陳董可也不是一般人，幾十億的身家也不是一般人能承受得住的。周宣雖然看似普通，但骨子裏絕不普通，這是陳董得出的結論。

周宣一直沒有說話，因為魏海洪跟陳董倆人一直在說話，他也插不上嘴。走到樓梯處，周宣回頭見張老大還待在房間裏，便拖著他下樓，笑問：「老大，你發什麼呆啊？看傻啦？」

張老大愣愣地回答著：「我好像是有點傻了，這個房子，洪哥是買來送給你的？我沒聽錯吧，是六千多萬不是六十萬吧？」

周宣笑呵呵地道：「老大，你沒聽錯，不過我會自己買！」

「哦！」張老大傻愣愣地跟著周宣走下了樓。坐上巴士後，張老大總覺得有什麼事忘了問一樣，但卻怎麼也想不起來。

在售樓部門口的廣場邊停了車，幾個人下車走進售樓處裏面。看著周宣緊跟著魏海洪進去，張老大忽然想起了剛才要問的問題：剛剛弟娃說那房子要自己買，是他傻了還是自己傻了？他有那麼多錢嗎？六千多萬啊！

再說，一般人就算有這六千萬，那也不敢買啊，養房都養不起啊，這房子一個月管理費都得一兩萬，能是一般人住的嗎？

到了大廳裏，魏海洪從口袋裏拿出支票本準備簽字時，陳董才拍了拍他肩膀，笑道：

「老三，你的兄弟就不是我老陳的朋友了？呵呵。我老陳做生意這麼多年，該賺的賺，不該賺的可不敢賺。這房子，我打個折，你給個成本價就夠了，兩千五百萬吧！」

魏海洪歪歪頭，瞧著陳董的臉。

陳董笑著說：「怎麼了？不認識我老陳這張老臉了？」

魏海洪想了想，說道：「也行，老陳，你這賬我記下了！」說著就準備簽支票，旁邊周宣伸手過來按住了他的手。

魏海洪一怔，瞧著周宣。

「洪哥，這個錢讓我自己來付吧。我知道洪哥是對我好，但買房子是人生一件大事，我自己花錢買下來，我住得安心。要是你堅持要付的話，那這房子我就不要了！」周宣淡淡笑著說，但神情卻是很堅決。

魏海洪與周宣雖然認識時間不長，但對他的性格倒是摸得很透澈，樸實而又執著，認定了的事就絕不改變，如果自己還執意要付錢的話，也許反而就把周宣逼走了。

想了想，魏海洪也爽快地答應了：「好，兄弟，只要你高興，你自己買也行。是老哥沒想周到，房子的事就得自己買，住著才安心！」

陳董見魏海洪轉變得也快，但卻瞧出也不是做作，而是真在乎周宣。

一開始，陳董還懷疑周宣是不是魏海洪的私生子，這時倒是否定了，因爲若是那種關係的話，魏海洪跟周宣不會這樣說話，二來，肯定不會把親侄女也帶來。其中的隱秘之處，還

是以後慢慢再查探吧。

不過，周宣這個人是絕對要列爲重點拉攏對象的。像他們這種商人，別看平時風風光光，但若是一個關係沒搞好，即使平日經營得再努力，最後也一定是個悲慘結局。這一點，陳於中混跡商界四十年，心裏可是明鏡似的。

當然，陳於中是個老油條，在他看來，只有注意結交像魏海洪這種關係，自己才能在商界站得穩。多個關係多個路子。這世道，誰都不能得罪。

周宣從自己皮夾裏取出銀行卡問道：「陳董，刷卡可以吧？」

這時，楊薇迅速上前接了話題：「當然可以，我馬上給你辦理，請把身分證給我好嗎？」

周宣掏出了身分證給她。楊薇接過身分證和銀行卡，然後柔聲微笑道：「周先生，請稍等！」

陳董笑呵呵地招呼魏海洪和周宣坐下來等候，肖盈這時識趣地從裏間拿了幾罐冰涼的飲料出來。

花了接近十分鐘，楊薇才拿了銀行憑證和一些文件讓周宣簽字，待周宣簽完字後，她又把銀行卡和身分證連同一把鑰匙一起遞給周宣。

「周先生，相關的證明文件我都給你辦理好了，房產證需要到國土局辦理，這個我們會儘快給你辦理好的，不會超過一個月你就可以拿到了。現在，你就是這幢房子的主人了，房子你可以隨時入住！恭喜你成爲宏城花園業主！」

周宣收好了證件，眼光瞄了瞄轉賬憑條上的數字，是兩千五百萬元！老陳一句話，就讓他少付了四千萬！看來洪哥的面子還真是值錢，很顯然，陳董可不是衝著他少收錢的。

不過，雖然陳董打了折，但仍然是兩千五百萬的鉅款，張老大一時怔怔地瞧著周宣，腦子裏跟一團漿糊一般，什麼思路都沒有。

陳董要留他們吃飯玩樂，魏海洪倒是謝絕了，一來因爲老爺子的病情他不放心，二來魏曉晴跟在身邊，有親侄女兒在一起，還是多注意點形象比較好。

陳董也沒有特別勉強，有魏曉晴在一起確實也不方便花天酒地。再說，自己的頂級別墅只收了他兩千五百萬的底價，他也接受了，這個人情就算是賣出去了。

當陳董送魏海洪幾個人出了售樓大廳後，楊薇才捏了捏肖盈的臉蛋兒，嗔道：

「肖盈，你可是差點惹了個大禍，好在這位老兄脾氣好，沒跟你這號小人物計較，這是個教訓，以後做事，眼睛可得放亮一點，做咱們這一行，就是靠個眼力！」

肖盈伸了伸舌頭，訕訕著笑問：「咱們陳董可是極難來這裏啊，看來你喊的這個『三哥』可是來頭不小啊！薇姐，他到底是什麼人？」

楊薇笑嘻嘻搖搖頭，道：「到底是什麼人我也不能說，反正你知道是個不能得罪的大人物就得了。小丫頭，你那點心思我還不知道嗎，這個人可不是你能撈得上的，不過，呵呵，他那位兄弟，買了咱們房子的那個年輕人，你倒是可以試一試，看樣子，也是個有錢的主兒呢！」

另外，幾個售樓小姐也都過來說笑起來。

周宣上車的時候，張老大叫了他一聲：「弟娃，你過來一下，先坐我的車！」

周宣坐上了張老大的車。上了路後，張老大瞄了周宣一眼，哼哼道：「弟娃，你老實坦白告訴我，瞞了老大多少事？」

周宣訕訕笑了笑，回答著：「老大，我真不是有意瞞你什麼，一來是因為時間倉促，二來你那銅鼎的事上了當，我心裏著急，私下就求了洪哥幫忙，但心裏也沒把握，所以就沒跟你說清楚。老大啊，我真不是有意瞞著你！」

「那好！」張老大開著車，又說道：「這事我不計較。還有，你是不是發財了？現在在做什麼？本來我還想給你一點錢，回鄉下後，咱們兄弟再做點什麼生意，看來是我走眼了，你哪裡會在乎這點小錢！」

「這個，」周宣也不知道如何說起，異能的事當然不能說，只能半明半暗地說了：「老大，我在古玩上賺了兩筆大的，說起來是運氣好。」

張老大哼了哼，道：「兩筆大的，那是多少錢？」

周宣摸了摸頭，嘿嘿笑著道：「兩筆加起來一共是四億多。」

「什麼？」張老大手一顫，索納塔在公路上畫了一個弧，差點撞到路邊的護欄上。

周宣臉色一變，趕緊扶住張老大握著方向盤的手，急道：「老大，冷靜，冷靜！」

「我還冷靜個屁啊！」張老大破口罵了出來，不過臉上卻是笑容，自己兄弟賺了大錢，有出息了當然高興，只是實在太出人意料了些。看他剛才買房子自己出錢，估計可能是發了幾千萬的大財，絕沒有料到竟然是幾個億！

張老大喘了幾口粗氣，然後努力鎮定下來，又問：「弟娃，我問你，洪哥到底是什麼人？」

如果是別的人，周宣當然就不會說了，不過張老大是自己兄弟，洪哥的身分也不是說不得，笑笑說：「老大，我說了他的名字你也不知道，記得以前我們在家看過一部戰爭電視連續劇麼？那個大將軍就是洪哥的老爸，知道了吧？」

張老大這次沒有畫路形，而是直接朝路邊的方向衝過去。周宣嚇得趕緊撲過去把方向盤穩住，打過轉來，然後狠狠一腳踩下了剎車，再把車鑰匙一轉，熄了火。

接下來，兩個人就坐在車上呵呼直喘氣。

張老大呆了一陣，接著又忽然傻傻笑了起來，再猛然伸手抓著周宣說道：

「弟娃，今天我回去跟玉芳準備好，明天咱們就回鄉下，一起把你倆老和弟妹接過來，以後咱就做個北京人，好不？」

「老大，你真想以後就在北京生活了？」周宣瞧著興奮的張老大問道。

張老大扳著手指頭數著：「當然了，一來咱自個兒有錢了，買得起房；二來能賺到錢，洪哥吧，咱也不能天天求他辦事，但有這樣的朋友，也就不用擔心有人來欺負我們了吧。弟娃，你說是不是？」

周宣還沒應聲，就聽車外邊魏海洪笑著回答：「是啊，兄弟，聽小張的話，在北京好好的生活，以後咱哥幾個沒事就出去玩玩，養養花，種種草的，多好啊！」

剛剛張老大這輛車忽然剎車停下來，魏海洪和阿昌以爲出了什麼事，也趕緊停車跑過來看。

周宣和張老大乾脆下了車，到路邊行人道上站著聊天。

魏海洪倒是十分認真地問了張老大：

「小張，剛才你說的我也聽到了，回去把我兄弟的家人接過來那是好事，本來我應該跟你們一起回去，但現在老爺子病情還沒穩定，我也不能離開，就麻煩你了，你照看著周宣，把他家裏人安安穩穩地接過來！」

張老大當即拍著胸脯說：「洪哥，這事包在我身上，別說弟娃跟你是兄弟，我跟弟娃那也是打小穿開襠褲一起長大的呢，呵呵，行，我現在回去收拾，明天就動身。」

魏海洪點點頭道：「那好，這事越早辦越好，明天我給你們訂機票。」

張老大笑呵呵地道：「洪哥，機票就不必了，我想，我們開車回去吧，這個衣錦還鄉嘛，鄉下人，開著車，面上有光彩！」

魏海洪一怔，隨即笑道：「呵呵，那也行，沒問題，我來給你們準備車。」

既然說是明天就走，周宣想了想就說道：「洪哥，如果明天走的話，今晚我再給老爺子瞧瞧，這樣，即使我回鄉耽擱個十天也沒什麼問題。」

魏海洪點點頭，只要周宣自己有把握就行。

周宣又把鑰匙拿出來遞給張老大，道：「老大，你在賓館裏，還不如到我那別墅裏住去，呵呵，反正你有車，也方便，就到別墅裏住一晚吧，我們明天在別墅會合。」

張老大毫不客氣地接過鑰匙，笑呵呵地說：「這事你倒是很聰明，新豪宅讓老大先享受一下，呵呵，明早九點在別墅出發，就這麼定了！」

商定以後，張老大就告別周宣他們，趕往賓館接老婆劉玉芳去了。

周宣跟魏海洪坐上車，阿昌開了車往西城去。

魏曉晴一直沒出過聲，這時忽然說道：「小叔，你不跟周宣回老家，我跟他去吧，散散

心，看看鄉下風景也好！」

魏海洪哼了哼，道：「你這丫頭！」

魏曉晴衝著周宣又問道：「周宣，你自個兒說，願不願讓我去你們老家玩玩？」

周宣瞄了一下魏海洪，有些沉吟，魏曉晴到底是個女孩子，自己跟她什麼關係也沒有，如果是魏海洪去，他是很願意，可魏曉晴是個沒嫁人的女孩，自己帶她回去，怎麼跟家裏人說啊？父母親可是很傳統的，如果不是親戚，把沒嫁人的年輕女孩子帶回家，那只能說明是自己的女朋友了！

見周宣有些沉吟不定的，魏曉晴哼了哼，道：「小氣鬼，我自己出錢，不用花你的錢行不？」

魏海洪皺著眉頭道：「算了算了，小周兄弟，她要去就讓她去吧，反正也沒什麼事，這樣，我再安排阿昌和阿德兩個人跟著去，有人照顧方便些。」

周宣一怔，道：「阿昌大哥就不必去了吧？只是接一下人，小事情。」

阿昌一邊開車，一邊回答道：「洪哥、小周，我們跟著去也好，不是要開車回去麼，我跟阿德技術還不錯，在路上也有個照顧！」

周宣想了想也是，路途遙遠的，在路上有阿昌、阿德這兩個超級保鏢似的人物，也不用擔心出事，也就默認了。

魏海洪呵呵道：「好，就這麼定了。」

晚上，周宣又給老爺子轉化了一小部分癌細胞，這次沒有跑進胃中，而是全部從血液中逼了出來。

才短短一天多時間，老爺子身體確實感覺不同往常，以前在病床上躺了幾個月，現在不僅能走能動，而且還能吃東西了，喝了粥，胃裏竟然有了饑飽之感！

能像個正常人一樣生活，老爺子心情自然好，雖然早已經瞧破紅塵生死，但能活著畢竟是件美好的事情。對於周宣，老爺子已經不能用感激的心態來說了，人的生命不是用錢能換得來的，周宣幾乎就是再次賜給他生命的人啊。

「小周，聽老三說，你明天就要回鄉下去接家人過來了？」老爺子拭了拭手指頭上殘留的一丁點血跡，帶著笑顏問道。

周宣點點頭，扶著老爺子慢慢躺下後才回答：「是，老爺子，今天我給您治療後，再間隔十天問題不大，我回來後再給您連續治療就能根治。」

回到自己房間後，周宣竟然很久都睡不著，多年來一直在外漂泊，一下子忽然要回去了，心情怎麼也平靜不下來。

這一次，自己可以說是衣錦還鄉吧，也算是發了大財。這幾年，一直是幾百幾百的給家

裏寄錢，而忽然變有錢了之後，竟然還沒有給家裏寄過一分錢，家人都還不知道他在哪裡。想想自己也有些不孝，家裏人一定在掛念著他吧。

門上輕輕響了一下，周宣穿了衣服起身開門，靠在門邊的竟是魏曉晴。

她姐姐魏曉雨已經回部隊了，住在三樓的就她跟周宣兩個人。奇怪的是，魏曉晴居然不喜歡回她自己家裏！想想她那威嚴的軍人老爸，周宣也是很頭痛，可能是因為在魏海洪家裏，所以她老爸也放心，加上老爺子也住這兒，魏曉晴不回家裏住，魏海峰夫妻也同意。

「有什麼事嗎？」周宣問她。

魏曉晴的臉在燈光下顯得有些朦朧美，歪著頭問他：「你就不讓我進去？」

周宣趕緊讓開了，魏曉晴如輕風一般，身子輕盈盈地在他眼前飄過，周宣鼻中聞到淡淡的幽香味。

魏曉晴倒是不客氣地坐到床上，隨手拿起了周宣放在床頭的幾本書瞧了瞧，全是什麼古玩，玉石鑑定之類的，嘟了嘟嘴說：「怎麼淨看些糟老頭子看的書？」

周宣詫道：「誰說這些書只能是糟老頭子看的？」

「我說的！」魏曉晴「撲哧」一笑，露出潔白圓潤的牙齒，隨後又放下了書，漫不經心地道：「周宣，醫好我爺爺的病還要多久啊？」

周宣想也沒想便道：「大約兩個月吧，就可斷根。」驀然發覺有些不對，瞧了瞧魏曉晴，卻見她笑吟吟盯著自己，知道上了當，也就不再說。

魏曉晴笑道：「我就覺得你有些不對勁，上次在紐約，我的腳……」

周宣乾脆不回答，以沉默代替，這個女孩太聰明，一個不小心就會落入她的言語圈套中。

魏曉晴自顧自地說著：「我就是弄不明白，我的斷腿如果要完全好的話，至少也得一個多月，可不知道你是怎麼弄的，一下就全好了。想來想去，就只有在我住處下樓的時候，你扶過我，應該就是那時候吧。後來到了勞倫斯那兒，我老是覺得腿癢得受不了，可能就是起反應了。」

說到這兒，魏曉晴一雙亮晶晶的眼睛瞧著周宣，見他仍然一句話不說，便道：

「我爺爺的病是不治之症，可你就偏偏能治好，而且是我親眼見到的，我想，這樣的事只有神仙才能辦到吧……你是神仙嗎？」

第四十四章

天之驕女

周宣又嘆又憐，沒想到魏曉晴心中也有許多的煩惱，
原來也不是有錢人家的孩子就一定過得好，
煩惱這東西可不怕你錢多，也不怕你官大。
只是搞不懂魏曉晴好好的為什麼會跟他說起這些?!

「神……」周宣忍不住噴出話來，拼命忍住了後面那個字。

魏曉晴當然猜得到是什麼字，笑笑說：

「唉，你不說就算了，每個人都有神通嘛，不過我還是很謝謝你，謝謝你救了我爺爺，真心實意謝謝你。雖然你身上有很多解釋不了的東西，但我會幫你保守秘密的！」

魏曉晴雖然活潑調皮，但性格卻是外柔內剛，相識了這些天，周宣也知道，她認真的時候，什麼事都當真，不說別的，就看她一年前拋棄舒服的日子遠赴紐約艱辛地打工上學，這便值得他敬佩。

魏曉晴又拍拍床說：「過來坐著，聊聊天，站著挺累的，反正也睡不著。」

周宣心道，這個魏曉晴，一點也沒有官家小姐的嬌羞，便坐到了床邊的另一頭。

魏曉晴把雙腳蹺起來坐到床上，雙手枕著下巴，眼睛睜得大大地問道：

「周宣，下午你好像有些不願意我跟你去你老家，爲什麼？能說說嗎？」

「這個，」周宣抓抓頭皮，有些不好意思地說：「在我們鄉下，帶女孩子回家，那只能是自己的女朋友或未來的老婆，你未嫁我未娶的，你一個大姑娘家跟我回去，萬一隔壁鄰舍說三道四，你受得了？」

魏曉晴訝然一笑：「就這個啊？怕什麼？反正我又不會在你們那兒過一輩子，他們說就說吧，待幾天就走了，以後也不會見面，怕什麼。」

魏曉晴眼睛瞄了瞄了周宣，笑吟吟地道：「像我這麼漂亮的女孩子跟你回去，就算他們說閒話，那也算是給你長臉面啊，這樣的好事你哪裡去找？看在你給我治了腿傷的份上，我也不收你的演出費，就給你一回面子，扮演一下你女朋友的角色！」

周宣頓時脹紅了臉，吃吃地道：「你，你就不知道害臊？」

「唉！」魏曉晴嘆了口氣，眼光迷離地瞧著窗外。

周宣以為說這話傷了她，瞧了瞧，卻見魏曉晴幽幽看著窗外，似乎正在想什麼心事。床上，魏曉晴裸露的一雙腳很秀氣，腳趾頭像一顆顆珍珠，指甲塗了綠色的指甲油，又像曾經見過的祖母綠寶石。

過了一陣，魏曉晴才幽幽地說道：「你覺得我很快樂嗎？你認為我會快樂嗎？」

「怎麼會不快樂呢！」周宣想了想，回答道：「你又漂亮又聰明，性格活潑，我看你家裏人都很喜歡你，再說，像你這種家世，要什麼就有什麼，一輩子也不用操心擔心，怎麼會不快樂？」

「唉，」魏曉晴又長長地嘆息了一聲：「我知道，在別人的眼中，我家庭好，環境好，又漂亮，還有什麼不滿意的呢？可是你們知道嗎，我為什麼要走？我喜歡一個人那麼辛苦的過嗎？」

周宣瞧著魏曉晴美麗的側面，見她眼睫毛動了動，眼中似乎淚光閃了閃，最終還是忍住

了沒流出來。

原來這個家世顯赫的千金小姐也有很多的煩惱啊！就像自己以前，以爲只要掙個幾萬塊回老家，修一修老房子，然後娶個鄉下女孩兒，就可以過一輩子，但現在自己一下子有錢了，卻覺得生活變得複雜了。

「我姐姐，你知道嗎，她比我早出生一個小時，可自小什麼都比我強，爸媽喜歡她，她也很爭氣，從幼稚園到大學，她什麼都是第一，拿第二名就會生幾天氣，不吃不喝地補習，現在又是中校階級。而我呢，從沒拿過第一，爸媽也鄙視我，說我這不如姐姐，那不如姐姐。我知道我不如她，但爸媽不重視我我就不高興。記得小學三年級的時候，我拿了一次第二名，高高興興回去給我媽看，我媽看了一眼成績單就扔在一邊，然後叫我看姐姐的，說要學她，拿第一。爸媽就只覺得姐姐很有面子，而我，總是讓他們沒面子。」

魏曉晴說著，終於忍不住流下淚來。

周宣一時手足無措，他就是怕看到女孩子流眼淚，趕緊到桌子上拿了紙巾遞給她。

魏曉晴拿了紙巾卻是捏在手中，仍任由淚水一顆顆滴落。淚水灑到她腿上的睡衣上，一圈一圈浸開來。

周宣又嘆又憐，沒想到魏曉晴這樣的女孩心中也有這許多的煩惱，原來也不是有錢人家的孩子就一定過得好，煩惱這東西可不怕你錢多，也不怕你官大。只是搞不懂魏曉晴好好的爲什麼會跟他說起這些？！

周宣自然是不知道，魏曉晴外柔內剛，心裏憋的事太多，卻偏偏沒有個朋友可以訴說，家裏跟姐姐合不來，而她姐姐又十分冷淡，父母也不重視她，唯一跟她好的是小叔，但對小叔，她又怎麼說得出這些？爺爺那兒自然更是不能說了！

自從在紐約遇到周宣後，當初她對他也是不怎麼在意，後來發現小叔很在乎他，自己也就慢慢注意了。再後來，看周宣做的事確實有些令人驚訝，又神奇地治好了自己的腿和爺爺的絕症，再後來，魏曉晴便覺得周宣這個人很樸實，也很踏實，外表雖然普通，但心地卻好，不經意間，就對他產生了信任。雖然算不上愛情，但卻是一個可以傾訴心事的朋友。

不管周宣怎麼勸，魏曉晴的眼淚都像斷了線的珍珠一般撲撲地往下落。周宣想了想又勸道：

「曉晴，其實我覺得你很活潑自信，又聰明又漂亮，你爺爺不就是因爲想你，才一定要你父母和你小叔去接你回來嗎？怎麼能說你家人不重視你呢？再說你姐姐吧，或許你父母認爲她很優秀，但優秀的人不一定就能討人喜歡，優秀的人不代表生活得就很開心。世界上優秀的人多了，但過得開心的卻不多，最開心的反而是那些普通的、不怎麼優秀的人。他們開心，是因爲知足常樂，而優秀的人因爲總是要追求更優秀的表現，反而常常不快樂，你說是不？像你姐姐，跟個冰塊一樣，我就不喜歡，誰喜歡這樣的女孩？曉晴，開心點吧，其實你

比你姐姐更讓人喜歡，真的。」

魏曉晴「撲哧」一下，破涕爲笑，說道：

「你真是的，我姐姐與你喜不喜歡有什麼關係？」

不過這一笑了之後，魏曉晴便擦了擦淚水，表情也開朗了很多。又問了周宣，家裏有些什麼人，老家是什麼樣子啊等等，問到後來，倆人竟然都睡意迷濛，倒在床上睡了過去。

或許是睡的姿勢不太舒服吧，早上醒過來時，周宣伸了伸懶腰，手剛伸出去，就碰到了一個軟軟的身體，怔了一下，睜眼一看，卻發現魏曉晴睡在他懷中！

魏曉晴被周宣的動作也弄醒了，慢慢睜開眼，倆人視線一碰，頓時「啊」的一聲。魏曉晴趕緊跳起身來，滿臉通紅地套了拖鞋落荒而逃，在門口拖鞋掉了一隻也不敢回身去撿。

周宣傻乎乎地回想了好一陣子才想起來，原來是昨晚聊得太晚，倆人都太累了睡著了，誰也沒想到會這樣。好在也沒有人瞧見，只是人家都說酒後亂性，但昨晚可沒喝酒啊，怎麼也會這樣？

一直到吃早餐時間，魏曉晴才臉紅紅地下樓，不過其他人都沒怎麼注意，只有薛華有些詫異，問道：「曉晴，你怎麼啦？臉那麼紅，是不是感冒了？」

「沒，沒有！」魏曉晴低著頭喝粥，也不敢抬頭。

事情也就這麼過去了。

老爺子問起周宣收拾好沒有，又叮囑阿昌和阿德兩個人注意安全。反正回去辦好戶口遷移後就再過來，周宣也沒有帶太多行李，只拿了兩套換洗的衣服，魏曉晴也只提了一個小行李箱，也就幾件衣服。

魏海洪跟著送他們到宏城花園別墅，到了別墅時，周宣一下車，就見花園外面的空地上停放著四輛車，兩輛是瞧外型就顯霸氣的悍馬越野車，另一輛是張老大的索納塔，剩下的那輛車，周宣一見到便怔了一下！竟然是之前在南方沖口魏海洪的別墅裏見到過的布加迪威龍！

這輛車怎麼會在這兒？

張老大這時候正在這幾輛車邊又摸又看的，簡直是愛不釋手。愛車的人見到好車，就像是遇到漂亮女人一樣，太喜歡了！

周宣瞧了瞧洪哥，魏海洪笑笑道：

「老哥給什麼你都不要，就把這輛車送給你吧，像我這個歲數，不是拉風開跑車的年紀了，放著也沒用。你年輕，沒事就載個美女兜兜風吧，呵呵！」

張老大撫摸著這輛布加迪威龍，嘆息不已，突然聽魏海洪說要把這車送給弟娃，立刻又驚又喜道：「弟娃，這車讓我開開行不？」說著又瞧瞧魏海洪。

魏海洪攤攤手，笑說：「小張，這車我送給小周了，你想開，得問他了！」

張老大當即直點頭：「沒問題，他的跟我的沒區別！」但隨後又嘆了一聲道：「唉，車是好車，可是沒有美女陪啊。」

周宣不禁愕然，其他人也不禁給惹得發笑。

「不過，今天你們回去可不能開這車，這車不適合開長途，就開那兩輛悍馬吧，我昨晚連夜準備好的。」

「我也開一輛？」張老大指著自己的鼻尖問道。

「當然了，難不成你還開你那輛索納塔回去啊？幾千里路，跑回去也散架了！」魏海洪拍拍張老大肩膀說著，「小張，你喜歡的話，我就送你一輛，好好把小周兄弟的家人接過北京來，這車就是你的啦！」

張老大本是愛車如命的人，房子沒買就買了輛索納塔，現在聽說洪哥要送他一輛悍馬，心裏如何不高興？這款悍馬可是要一百多萬啊！

看著這車威猛粗獷的外型，霸氣十足，似乎有一種穿山越嶺如平地的氣概。再瞧瞧那輛布加迪威龍，張老大只在汽車雜誌上見過，還從未看到過真品，有些依依不捨的感覺，問道：

「洪哥，那輛車不便宜吧？看樣子著實讓人喜歡！」

魏海洪淡淡一笑。在周宣面前說這輛車的價錢，那未免對周宣不禮貌，既然是真心送他的，那還在乎什麼價錢？

周宣和阿昌、阿德把行李放進後車箱，張老大嘿嘿一笑，趕緊回到別墅裏提了行李出來，劉玉芳抱著孩子也跟了出來。

周宣給她做了介紹：「玉芳，這是洪哥。」

劉玉芳早聽張老大說了洪哥的事，抱著兒子甜甜叫了一聲：「洪哥！」

魏海洪點了點頭，然後又向張老大要了別墅門的鑰匙：「你們不在，我叫人過來看著，再置辦點傢俱吧，空蕩蕩的不好看。」

等到把行李都裝好後，阿昌問張老大：「張哥，你開一輛車吧？」

張老大搖搖頭道：「你先開，出城上高速公路到下一站後我再開，心裏有點緊張，呵呵！」

阿昌笑笑，當即與阿德倆人一人開一輛車，劉玉芳抱著兒子坐了一輛車。

周宣想叫魏曉晴跟劉玉芳坐，長途跋涉的，兩個女人在一起有話說比較好，但魏曉晴想也沒想就跟著他上了車，倒也不好叫說讓她坐過去。

周宣正想跟魏海洪打個招呼時，卻見張老大「嗖」地一下也竄上車來，笑嘻嘻坐在他身邊，接著叭一聲關上了車門。

周宣詫道：「老大，你不陪著玉芳，跟我擠一塊兒幹嘛？」

「這車又高又大，坐三個人都還寬鬆得很，你瞧。」張老大說著，還扭動了幾下，車內的確是還很寬鬆，「再說，我想跟你聊聊天說說話。」

周宣笑笑便由得他去。

車外，魏海洪擺了擺手說：「走吧，路上小心點。阿昌，有什麼事就給我打電話！」

告別了魏海洪，看著別墅在倒車鏡中消失，兩輛悍馬一前一後駛出了宏城花園，上了公路，再出西環路，接著再上高速公路。

上了高速公路後，阿昌把車速加快，車窗外只聽到輕微的「嗖嗖」聲，車內的引擎聲不算太大，很低沉，畢竟悍馬車主要的功能是越野強勁，而不是以速度著稱。

張老大撫摸著車窗和真皮座位，嘆道：「好車就是不同啊，你瞧這做工，這皮。」然後又問周宣：「你那輛布加迪威龍更帶勁，得多少錢啊？」

周宣想了想，道：「好像是四千六百多萬吧。」

張老大腦袋在車窗玻璃上「砰」地撞了一下，幸好他現在沒有開車，否則昨天的場景又得重演。

「弟娃，」張老大簡直是咬牙切齒地說著，「以前就沒見你有啥好運氣過，你是拜了哪個菩薩還是哪個神仙？這運氣也好得沒話說了吧？」

周宣忍不住笑道：「洪哥送的車與運氣好有什麼關係？一點邊也扯不上吧！」

倆人說說笑笑的，一邊的魏曉晴不高興地道：「你們這些男人，除了車和女人，就不能說點別的？」

張老大一怔，沒料到這個漂亮得異乎尋常的女孩子說話這麼猛，怔了一下後馬上省悟過來，呵呵道：「曉晴小姐，是啊是啊，不說這個了，有女孩子在，我們應該說些花花草草，針線活兒什麼的！」

魏曉晴「撲哧」一下就笑了出來：「你真是個活寶，說什麼啊，你以爲這是鄉下嗎，老掉牙的！」

當然不是，就算是在鄉下，現在恐怕也沒有女孩子喜歡針針線線的，周宣知道張老大這是在故意耍寶。這個張老大，從小對付女孩子就有一套，否則又怎麼會把劉玉芳這朵鮮花摘到了手？

不過張老大這種人，顯然是很受女孩子歡迎的。魏曉晴給他這麼鬧一下，就逗得笑嘻嘻的，一掃車裏的沉悶氣息。

張老大又道：「曉晴小姐，你怎麼會想到要去我們那鄉下啊？又沒地方好玩，也沒什麼好吃好住的。」

「反正也是閒著沒事。」

「你要是去我們那兒，我敢打包票，村裏所有男人的眼珠子都會掉出來！」張老大手腳比劃著，正經說道。

魏曉晴一怔，問道：「爲什麼？」

「因爲你太漂亮了，那裡的女孩沒一個比得上你，就是我們縣城電視臺裏那個播音員都沒你漂亮！」

張老大說這些話時，臉上不帶一絲開玩笑的表情。

魏曉晴又笑了起來，沒有一個女孩子不喜歡人家說她漂亮，她當然也不例外，不過稱讚女孩子漂亮也得分場合分地點，要是大街上不認識的人攔住一個女孩子說她漂亮，不被罵流氓痞子才怪。

但張老大這些話說得很有技巧，臉上表情不帶半點笑意，再加上他表現得實在寶氣，所以魏曉晴反而越聽越是喜歡，越說也越有趣。

張老大也就有一搭沒一搭地跟她瞎扯起來，從山下的貓扯到山上的狼，從地裏的野兔扯到林子裏的野豬，把魏曉晴聽得一愣一愣的，阿昌在前邊都聽得好笑。

張老大越扯越瞎：「有一次，我跟弟娃晚上到二妞家後窗外……」

周宣聽他瞎扯倒無所謂，一聽都扯到二妞的事兒，頓時吃了一驚，趕緊伸手在他腰間捅了一下，張老大一呆，隨即知道說漏嘴了，當即住了口。

魏曉晴卻探了頭問道：「你說的弟娃是周宣吧，你們到二妞家後窗幹什麼？」

張老大訕訕地道：「沒什麼沒什麼，準備到她家後面抓野兔。」

「抓野兔？」魏曉晴疑疑惑惑地嘀咕了一下，然後又出人意料地問了一句：「二妞是周宣的情人吧？」

周宣頓時大爲尷尬，啐了一口道：「瞎說什麼呢，不是我的！」

「不是你的，那就是張大哥的了？」魏曉晴笑吟吟地問著。

張老大也搞得有些手忙腳亂：「沒，沒那回事。」

但這話明顯說得底氣不足，魏曉晴笑面如花。

張老大和周宣此刻都沉靜了下來，在他們情竇初開十二三歲的時候，二妞那半熟的身體確實對他們很有殺傷力，人生當中，誰都不能忘記自己第一次的事情吧。二妞的身體在他們兩個腦子中都烙上了烙印，即使過了十多年，仍然記憶猶新。

過了天津進入太原境內的時候，大家在一間飯店裏吃了飯。再上路時，張老大接替了阿德。阿昌繼續開車，周宣不會開車，只能由他們三個人輪流休息。

本來魏曉晴是會開車的，但她沒有開口，阿昌、阿德自然不會叫她接手。阿德坐到阿昌

的副駕駛座上，靠著就能睡覺。周宣很是佩服，後排座位很寬敞，叫他到後面來休息一下，阿德不肯。說讓他自己睡覺就好，他們當過兵的習慣了，這個樣子比起當兵時候，算是在天堂裏了。

魏曉晴過去跟劉玉芳坐到了一起，周宣也由得她，阿德硬是不到後排來，也就隨他打橫躺著睡了。

魏曉晴其實是想跟劉玉芳聊天。劉玉芳抱著兒子也無聊，跟魏曉晴很快便聊開了。

劉玉芳對這個漂亮活潑的女孩子也挺喜歡，只是不知道她是什麼身分，剛剛也沒有機會問張老大，但跟著他們回鄉下，總會是有些關係吧，難道是周宣的女朋友？

劉玉芳想了想，又覺得不大像，畢竟周宣的底細她很清楚，但轉過頭又一想，倒是忘了周宣現在也是有錢人了，有了錢的人找一個漂亮的女朋友那是很正常的。自己當初不也是瞧中張老大會賺錢，又有一些身家才嫁給他的嗎？

女孩子小的時候都有些夢想，總夢想著英俊瀟灑的白馬王子會喜歡上自己，但長大後就變現實了，夢想總歸是夢想，跟現實是有很大距離的。既然不能拉近距離，那就現實一點吧。

劉玉芳也覺得是這麼回事。不過她覺得魏曉晴太漂亮了，又有點替周宣擔心，像這樣的女孩子，會真心守著他嗎？會不會是騙了他的錢就跑路呢？

魏曉晴哪裡知道劉玉芳想得這麼多，伸手指頭輕輕觸了一下她兒子的臉蛋，小傢伙一點也不認生，反而拿白嫩的小指頭抓著她的手指，咯咯笑了起來。

「真可愛，多大了？」魏曉晴問道。

「還差一個月就一歲了。」劉玉芳雙手扶著兒子，由得他在腿上跟魏曉晴嬉鬧，然後盯著魏曉晴道：「妹子，你長得好漂亮！」

「嫂子，你也很漂亮啊。」魏曉晴笑吟吟地想，今天這些人都怪了，男男女女都誇她漂亮，當然她自己也是知道自己漂亮的。

「都人老珠黃了！」劉玉芳笑笑說，「妹子，你也到我們鄉下去？」

魏曉晴點點頭：「是啊，我跟周宣到他老家看看，反正閒著沒事。」

劉玉芳眼裏笑意更濃了，果然有點像那麼一回事！她跟魏曉晴雖然才接觸，但直覺告訴她，魏曉晴是個直爽不做作的女孩子，現在大城市裏的女孩子像這樣的可不多。

劉玉芳想套魏曉晴的話，卻不想魏曉晴倒是先套起她的話來：「嫂子，你跟周宣和張大哥是同一個村的嗎？」

劉玉芳笑著搖搖頭道：「不是一個村的，但是隔得不遠，走十來分鐘就到了。」

「哦，那嫂子認識一個叫二妞的女孩子嗎？」魏曉晴裝得極淡然地問著，似乎是漫不經心的樣子。

「二妞？」劉玉芳皺著眉頭想了一下，然後才說：「張老大家後面陳家的二姐？好像聽她媽經常叫二妞，不過前幾年就嫁人了，怎麼，你認識她？」

「哦，可能不是她。」魏曉晴搖搖頭，當即否認：「聽周宣說起過，隨便問問，就隨便問問。」

前面開車的張老大可是著實緊張了一下，沒料到魏曉晴還追到這輛車來套劉玉芳的話，好在劉玉芳也不知道什麼，而且他跟周宣兩個偷看二妞的事那可是秘密，除了他倆人，是絕沒有別人知道的。

套來套去，當然都沒有什麼實質性的進展。劉玉芳這邊，她是不知道張老大和周宣什麼秘密的，所以也是問不出來什麼；而魏曉晴那邊，劉玉芳一探到她跟周宣的關係時，魏曉晴也輕描淡寫就挪開了，或者乾脆含糊帶過，既不說是也不說不是。

晚上連夜趕著車，阿昌跟阿德又交換了一下，休息三個小時後，又換了張老大，阿昌跟阿德兩個人比張老大體力強健得多，開到天亮才讓張老大換過來。

到第二天早上，行車已經將近二十四小時，從天津過德州、泰安、開封、許昌，過深河，再過南陽。經過三國時火燒新野的那個新野縣後，就進入了湖北境內襄樊的邊界，再一個小時就到了老河口，到中午十一點多便進入丹江口，往北再開一個小時左右，路邊就開始熟悉起來。

周宣很多年沒回來了，除了山還是那些山，路卻不是那些路了，穿過鎮，進入小村道後，也都是水泥路，比以前的亂石子路好了不知道多少，路也寬了。

到村裏劉家那個小店處，車開不過去了，全部人都只好下車，打開後車箱提了行李。一開始只有幾個小孩子跑出來看，見到了這兩輛威猛大氣的悍馬車後，又趕緊叫了幾個大人出來。

出來的幾個大人，周宣認得，叫了聲：「劉二叔、江成哥。」

那兩個人怔了怔，遲疑了一陣才道：「你，你是周宣？周弟娃？」

周宣點點頭，還沒說話，卻見張老大在另一輛車邊叫道：「二叔、江成，是我，張老大，張家老大，我回來了！」

但劉二叔和江成只是瞄了他一眼，隨即返身往後邊吼了一聲：「周弟娃回來了，周弟娃回來了。」

周宣一怔，我回來了用得著這麼宣傳嗎？有什麼好激動的？

一邊的張老大也有點奇怪，我開了這麼大一輛車，他們居然不羨慕眼紅，卻只叫弟娃，難道他變帥了？

發現沒有一個人注意到他時，帶有炫耀心情的張老大頓時無趣，再瞧瞧周宣，這傢伙也

有點訝異，難道是家鄉人都知道他發了大財的消息？如果是的話，那也就沒什麼好說的了，自己那點身家還真不夠周宣看的。

但顯然又不大像，村裏的老老少少一傳十十傳百的，出來的人也越來越多，到後來，竟然像看到大明星一般，又像趕集似的，平時可不容易一下子聚集起這麼多人來。

周宣幾個人把車停好後，提了行李箱往自己家走，一邊跟老老少少打著招呼。有幾個年輕人圍上來幫周宣提箱子。

周宣詫道：「三娃子，我回來怎麼大家夥這麼熱情？我還不是啥大人物吧？」

三娃子提著箱子，似乎很有力氣的樣子，他和一路的老老少少眼睛卻都是盯著魏曉晴。

三娃子咂咂嘴，問：「大哥，這女娃子好晃眼，是你啥人喲？」

三娃子是周宣隔房堂叔的兒子，跟他是同宗的堂弟，周宣在家排行老大，所以三娃子叫他大哥。

三娃子說的雖然是家鄉土話，但很接近普通話，魏曉晴也聽得懂。知道老老少少都在瞧著她，也明白「晃眼」就是說她漂亮，鄉下人的讚美比城市人更加來得動聽。

魏曉晴當即嘻嘻一笑，跨上前，伸手挽住了周宣的胳膊，笑吟吟地說道：

「我是他女朋友！」

魏曉晴的這個動作，頓時讓村裏的全部人掉了一地的眼球！

周宣臉一紅，也有些尷尬，不過心裏還是有些感激魏曉晴的好意。

魏曉晴把嘴附到周宣的耳朵邊，輕輕說道：

「周宣，瞧，我給你長面子了吧？以後得好好謝謝我。今兒個你就放心吧，要是真演戲的話，我肯定拿個最佳女主角回來，嘻嘻。」

周宣只得笑著，但給他提著箱了的三娃子卻大聲說：「大哥，要不得，要不得！」

「啥子要不得哦？」周宣笑問。

三娃子指著魏曉晴說：「她啊，你要不得，要不得的。」

周宣和魏曉晴都是一怔，周宣道：

「三娃子，你啥意思啊？她哪裡要不得了？」

三娃子瞧著魏曉晴，魏曉晴也瞪大了一雙晶瑩的眼珠子盯著他。

三娃子臉一下子脹得通紅，結巴起來：

「不，不是她……她要不得，是是……是你要不得。」

看來三娃子激動了，說不清楚，周宣笑笑也就沒再理他。劉二叔和江成幾個人都搖頭嘆息起來。

劉二叔說道：「宣娃子啊，你這麼做就真是要不得，天打雷劈啊。」

若說三娃子說什麼，周宣也不以爲意，但劉二叔這樣的老成人也說話了，可就不能不重

視了。

周宣驚訝地道：「二叔，你這是什麼意思啊？我都幾年沒回來了，這才剛到家，有啥事做得要不得了？」

劉二叔瞧了瞧魏曉晴，又搖了搖頭，直是嘆息。

魏曉晴一腔熱情頓時如被潑了一盆冷水一般。她怎麼了？難道她還不夠漂亮？還不夠給周宣長臉？

看著劉二叔欲言又止的樣子，三娃子的結巴，江成的咬牙切齒，周宣幾乎有些惱火了，衝著三娃子道：「三娃子，什麼事，你說。」

三娃子仍是沒說出口，人群中卻又有一人擠上前來，在周宣肩膀上拍了拍，呵呵笑道：「周宣，呵呵，長本事了啊，實在看不出來，當初你可是個老實人。」

周宣瞧了瞧他，跟自己差不多的歲數，不過穿得卻是西裝革履整整齊齊的，有些眼熟，想了一想才恍然大悟，叫道：

「俊傑，趙俊傑，趙老二，老二毛。」

這個趙俊傑趙二毛也是周宣的同鄉加同學，小時候，大家都叫他趙老二，但到了初中時，他聽著老二有點那個，硬是不讓叫，但周宣一群人依然照叫不誤，趙老二有幾次還生氣了。後來，大家都外出工作後就失去了聯繫。

趙老二哈哈一笑，道：「你終於想起來了。哈哈，周老大，我可是不得不佩服你啊，這幾天來，村裏人人都在談論你，說你有出息有本事，在外面還泡了個仙女一樣的妹子，居然自個兒還尋到家裏來了，佩服啊。」

趙老二又瞧了瞧如花似玉的魏曉晴，苦著臉直嘆道：「沒想到啊，周老大，你是盯著鍋裏的又瞧著碗裏的啊，沒天理啊沒天理。」

總算是弄明白了個大概。魏曉晴臉色頓時沉了下來，搞半天自己鬧了個烏龍！自己還想著給他周宣長臉，沒想到人家家裏早藏了一個女人！自己這算什麼？熱臉貼到人家的冷屁股上了，這臉可往哪兒擱啊？

屋中的人都慌了手腳，
周蒼松夫妻倆張了口說不出話來，周瑩和周濤兄妹也搞糊塗了。
這兩個異乎尋常美麗的女孩子，到底哪一個才是他們真的嫂子？
這兩個女孩子到底是唱的哪一齣戲？

村裏面的這些人本來就羨慕周宣運氣好，賺了大錢，現在又有個仙女一般的女孩子喜歡，那心裏如何受得了？要是魏曉晴不漂亮也還好些，偏偏又是一個漂亮得過了分的！

似乎村裏人是覺得，這天底下最漂亮的女人簡直是瞎了眼，怎麼都賴到他周宣身上了！

想到這兒，周宣一把拿掉挽著自己的魏曉晴的手，撥開人群衝出去，大步往自己家中奔去，似乎有些迫不及待了！

魏曉晴又是何等驕傲的性格？氣得身子直打顫。對周宣，她倒不是說有什麼情愛，還頗有些欣賞，但此刻，來時興奮的心情在這一刹那被破壞了個乾淨！周宣這個舉動無疑是把她的面子丟到地下，再用腳踩了幾踩！而且關鍵還是在這麼多村裏人面前！

魏曉晴立時想轉身就走，但心裏一股子恨意卻又讓她冷著臉繼續跟去。她倒是要瞧瞧，這個女人究竟是個什麼樣的八爪蜘蛛精！

這顯然是女人的妒忌心和好勝心在作怪。

周宣衝在前頭，一口氣奔到自家那棟磚瓦房處。六年沒見了，院子前的幾棵大樹已經長得伸手都環抱不下了，磚瓦房的左半邊也拆了重建成兩層樓的小洋房。

看來老爸和弟弟在家也辛苦了，房子改建了也沒告訴過他。

周宣推開老房堂屋的門，房裏沒有人。他退了出來，又趕緊到新樓那邊。走到門邊時，聽見屋裏有嘀嘀咕咕的說話聲，停下來深深吸了幾口氣，努力鎮定了一下才輕輕推開門。

新房子的堂屋中坐了五個人，最裏邊的是老爸周蒼松，挨著他的是老媽金秀梅，再過來是弟弟周濤，左邊坐著的是妹妹周瑩，妹妹身邊緊挨著一個女孩子。

周宣一推開門，屋裏的五個人都將目光轉過來，瞧到他時，先是呆了一下，隨即又大喜若狂地站起身來。周宣的目光卻是投在了跟妹妹挨在一起的那個女孩子臉上。

臉面有些清瘦了，但依然美豔清雅，秀麗絕倫，不是傅盈又是誰！

霎時間，周宣只覺得心花怒放，一顆心似要爆炸了一般。一時間，周宣不顧一切地奔上前，緊緊摟住了傅盈，將臉深深埋在她的秀髮中！

從小學二年級時便不曾再流過的眼淚，此刻如同決了堤的河水，一泄不可收拾。

傅盈溫柔地摟著他，然後伸手輕輕拍拍著他的背，好一陣子，她才鬆手把周宣的臉捧著抬起來，輕輕擦掉他臉上的淚水，然後把手指伸到嘴邊嘗了一下，嗔道：

「你鹽吃太多了，有點鹹。」

周宣頓時忍不住一笑，又瞧了瞧待在一屋的家人，臉上一紅，趕緊三兩把擦乾了淚水。見傅盈雖然跟他說著笑，但一雙眼裏淚水卻是盈盈欲滴，只是強行忍住了！

千言萬語，卻都無從說起。但倆人均各自覺得，此刻見了面，便抵得過千言萬語，便是再有千難萬難，也不能再將他倆人分開！

愣了這一會兒，周家人才都醒悟過來。

周濤叫道：「哥！」

周瑩叫道：「大哥！」

周父：「老大回來了，回來就好！」

周母：「弟娃！」

動作卻又各自不同。周父周母嘴唇哆嗦著，雖然激動，但卻是依然鎮定地站在原處。周瑩卻是一個勁歡呼著奔過來投進周宣懷裏，分搶傅盈的份兒。弟弟周濤上前拉著周宣的手，眼睛有些濕潤了。家人的溫馨便在這一刻顯露無遺。

傅盈靜靜退了一步，把位置讓給了周瑩。周瑩從小就依賴疼她愛她的哥哥，但一別六年，天遠地遠的，自然是別無他法。這一見面，頓時眼淚鼻涕，賴在周宣懷裏就不願離開。

周宣撫摸著妹妹的頭，讓她在自己懷裏唏噓了一會兒，然後笑道：「丫頭，大哥這件衣服很貴的，沾那麼多鼻涕。」

這句話頓時把屋裏其他人都逗笑了。

周瑩當即又笑又罵地抬起頭，伸出雙手在周宣胸口又捶又打，叫道：「打死你，打死你。」

鬧了一陣，周蒼松在裏邊說道：「別鬧了，丫頭，有客人來了。」

眾人一怔，都將眼光瞧到周宣背後的門口，隨即又都愣了一下。再瞧瞧屋裏的傅盈，又瞧瞧門邊，都將嘴張了個圓形，驚訝無比！

周宣趕緊轉身，門口站著的正是魏曉晴，一張俏臉含怒、雪白的貝齒將下唇咬得緊緊的！竟然是在紐約國際機場門口見到的那個女子！

魏曉晴靠在門邊，瞧著周宣與傅盈擁抱著真情流露的那一刻，心裏有些妒忌又有些羨慕，沒想到看起來木訥並不善於與女孩子打交道的周宣，也有這麼柔情的一面！

魏曉晴覺得這一下的確是很沒面子！

不管是任性也好，戲弄也好，出氣也好，魏曉晴就是覺得不爽。於是，她衝著周宣和傅盈淡淡道：「你們夠了沒？夠了我就進來了。」

傅盈沒見過魏曉晴，但魏曉晴那出眾的氣質和驚人的美貌一樣讓她注意起來。於是，傅盈很禮貌地往邊上讓了讓，請她進屋來。

魏曉晴進了屋，很禮貌地給周蒼松和金秀梅老夫妻倆規規矩矩行了一個禮，說道：

「叔叔、阿姨，你們好。我叫魏曉晴，是周宣的女朋友！」

就這麼一下，屋中的人都慌了手腳。周蒼松夫妻倆怔得張了口說不出話來，周瑩和周濤兄妹也詫異地盯著她，隨後又瞧瞧傅盈，有些搞糊塗了。

這兩個都異乎尋常美麗的女孩子，到底哪一個才是他們真的嫂子？這兩個女孩子到底是唱的哪一齣戲？

傅盈眼神有些淒然，盯著周宣，想不到他在這麼短的時間就會移情別戀。

魏曉晴當然也是一副挑釁的表情，一雙俏眼斜睨著周宣，心道：我好心好意幫你，你竟然讓我這麼下不來台，自然我也不會讓你好過！

周宣手腳有些顫抖，不知道如何來解釋。瞧魏曉晴那一個不好就要發飆的樣子，如果現在就當面說出真相，讓她下不來台的話，後果不堪設想；但要不說明的話，傅盈呢，她怎麼辦？

周宣當然不會不顧傅盈的感受。急切間，忽然一把拉著傅盈的手就往裏間走，然後又回頭對父母弟妹叫道：「爸、媽，周濤、小瑩，你們招呼一下曉晴，我跟傅盈說幾句話。」

後面說的話是爲了安撫魏曉晴，但他這個表情卻讓家人都誤會了，似乎是表明傅盈是真的，但這個曉晴也一樣是真的，兩個都不能得罪的。

周宣把傅盈急急拉到裏間臥室。周宣把傅盈拉到床邊坐下來，傅盈柔順地瞧著他，微微一笑，道：「你著急嗎？我知道的，不用解釋我也明白。」

周宣聽著傅盈這句溫柔又貼心的話，心裏忽然一陣感動，伸手捧起傅盈消瘦了不少的臉蛋，閉了眼顫抖著將嘴吻下去。

傅盈略有些羞意，閉了眼，但卻沒有閃躲，微仰著臉等著。只是過了半晌，卻沒等到周宣吻下來，忍不住紅了臉睜開眼，這一瞧，不禁又好氣又好笑！周宣瞧著她硬是不敢吻下去，只把眼睛瞪得大大的！

周宣見傅盈睜開了眼，有些尷尬，鬆開了捧著她臉蛋的手，想了又想，伸出手指頭在她嘴唇上按了一下，然後再貼在了自己嘴唇上。

傅盈忍不住嗔道：「就這樣？」

周宣嘿嘿傻笑一聲，傅盈忽然伸手環摟著他脖子，狠狠地將嘴唇湊上去吻在了他嘴上，周宣頓時只感覺到柔柔的，濕濕的，又有一種心裏塡滿了愛的感覺。有點天旋地轉！

好一會兒，傅盈才鬆開他的脖子坐回床上喃喃道：「這是我的初吻。」

周宣真是又感動，又喜歡，抓著傅盈的手握著，胸口一起一伏的，便如打了一場大仗一般，半晌才定定地說：「傅盈，盈盈，我這一生就只會對你一個人好。」

「我知道。」傅盈點點頭，臉上的紅暈漸漸淡去：「我也只會對你一個人好！」

周宣握著傅盈的手，輕輕放到自己胸口貼著，感受著自己的心臟一下一下在跳動。

「在水底洞中，你拚了自己性命來救我的時候，我就知道，我這輩子就只會對你一個人好了。」傅盈又喃喃地低聲說著，「我很清楚。我不是對你感恩報德，我就是喜歡你，因爲你人好，是個真正的好人，我也相信你會對我好，因爲你對別人都能那麼好，對別人都能那麼容忍，對我，你還能不好麼？」

周宣心中一陣感動，把傅盈輕輕拉過來擁入懷中，輕撫著她的頭髮。這一刻，他心中沒有一絲一毫的邪念。

「那個女孩子叫曉晴，是我朋友的侄女。」周宣輕輕說了一聲。

「嗯！」傅盈也輕輕應了一下，隔了好一會兒又道：「我跟爺爺吵了一架，然後就離家出走了。以後，我就無家可歸了！」

「別擔心，我的家就是你的家，不管是天涯還是海角，以後我都會跟你在一起，永遠不分開！」周宣以前看電視時，覺得那些男男女女說這些話很肉麻，可現在卻很自然地就由心裏面流了出來。

「我知道我現在配不上你，但我會努力，努力做一個配得上你的人，會讓你爺爺真正同意的！」

「別說了。」傅盈用手指輕輕按著周宣的嘴唇，嘆了聲，說道：「你知道嗎，在我心目中，沒有任何男人及得上你，不是你不配我，而是我配不上你。一個人最重要的是心好，善良，這在現在的社會中卻是難以尋到的一個人。」

周宣怔了怔，然後低聲道：「盈盈，我沒有你說得那麼好！」

傅盈淡淡一笑，用手在自己心口貼住，道：「好不好，我這裏感覺得到！」

周宣嘆了一下，自古就有句話，叫做「最難消受美人恩」，傅盈的感情，他這一生恐怕都還不清了。

這時，外間傳來周瑩的喊聲：「大哥！」周宣不再說什麼，便拉了傅盈的手回到堂中。

魏曉晴居然給父母弟妹每人送了一件禮物，周宣都不知道她是什麼時候準備的！

給父親的是一支西鐵城的手錶，給母親的是一隻翠綠色的玉鐲子，給弟弟周濤的是一部諾基亞的手機，給妹妹周瑩的是一部三星的女式紅色手機。

周瑩把周宣叫出房來，為的就是這些禮物。雖然她從心底裏很喜歡，但如果大哥說不能收，那他們就不能收。這個姐姐跟傅盈姐姐一般的漂亮，但不知道大哥怎麼說，都有些糊塗了。

周宣的父母弟妹對這幾件禮物的認識，直以為那兩部手機是最貴最值錢的，在他們心目中，那個手錶和鐲子比手機的價值肯定要低得多。

周宣一眼就瞧出，那手錶值幾萬塊。那翡翠鐲子，跟他那次賭石回來的翡翠質地差不

多，至少價值過幾十萬，手機倒是不值一提了。

鐲子太貴重，周宣在沉吟著這禮物能不能收時，魏曉晴哼了哼，道：「鐲子是我小叔給阿姨的禮物，你收不收？」

一聽到這話，周宣當即道：「爸媽，弟妹，這禮物喜歡就收下吧！」

周宣小時候在家，父母都很放心。他人很踏實，應該做的才會做，不應該做的事絕對不會做，他這樣說，一家人都歡歡喜喜地收下了禮物。

魏曉晴淡淡瞄了一眼傅盈，頗有些示威的意思。這一步，想必傅盈是輸了幾分吧。

傅盈確實心裏有些悶。自打周宣離開後，她又沒有周宣的聯繫方法，趕緊飛到國內，趕到沖口找那間遊樂場，花錢調到了周宣以前登記過的資料，這才找到周宣老家來，但也不知道他家還有些什麼人，所以也不好準備什麼禮物。

上門這兩天，周宣一家人對她那是熱情得不得了，傅盈可以感覺到周宣家人的樸實和真誠，著急的是他家裏人也沒有周宣的電話。因爲周宣在南方的公海上浸壞了手機，之後又因爲出國，沒有時間再買手機，也沒有跟家裏人聯繫，所以家人也不知道他現在在哪兒。

周宣父母對這個找上門來如仙女一般的兒媳婦，那是滿心歡喜。問清了大概的情況後，總算是摸清了，傅盈確實是周宣的女朋友，而且好像還是很死心塌地的那一種。

在鄉下，娶個媳婦得花不少錢，而且麻煩手續不少。女方家一般都百般刁難，想娶回家可不是一件容易的事。所以在農村，誰都知道，一生有三難：生孩子難，娶媳婦難，死人難！

像傅盈這樣漂亮的女孩子自動找上門來，而且探了探她的口氣，任何事都不會刁難，周宣父母如何不歡喜？把傅盈待得像仙人一樣，就擔心她受不了鄉下的簡陋。好在傅盈一點兒也不嬌氣，還處處替他們考慮。周瑩更是喜歡傅盈喜歡得不得了，一口一個「嫂子」地叫著。

傅盈除了日日夜夜盼著周宣回來，從不流露一點要離開周宣的意思。

傅盈這樣沒覺著什麼，但周家還是感覺到了極大的壓力。一是擔心傅盈會走掉，二是村裏的人都傳開了，他們周家上門來一個漂亮得不像樣的仙女。村裏的年輕人無不在羨慕著周宣，很多人有事無事就在周家轉來轉去，只要瞧到傅盈面容的人，無不像傻子一樣！

惹得村裏甚至鎮上一些條件好的單身男子無不哀嘆著一朵鮮花插在牛糞上了，這好菜都被豬拱了！

當然，更有甚者已經在打心思，看能不能撬了周宣的牆角。因爲他們都覺得自己比周宣更帥，比周宣有錢，比周宣任何地方都好，沒理由這麼漂亮的女人就情願跟著他！

那些人的心思和做法，周家也瞧了出來，所以，傅盈通常也不出門。在家裏待了兩天，周瑩就成日裏陪著傅盈。

傅盈倒是想過帶周瑩到縣城裏去買點衣服禮物什麼的，奈何周家一家人都不同意。只得作罷，直到周宣他們忽然回家後，被魏曉晴擺了這麼一齣，無形中就覺得輸了一籌。

不過傅盈知道周宣的心意，心裏篤定踏實得很，聽周宣說過，魏曉晴是他朋友的侄女，這時見她有些示威的表現，微微一笑，走上前拉著她的手道：

「你是叫曉晴嗎？我聽周宣說了，我叫傅盈，很高興認識你，你很漂亮。」

魏曉晴怔了一下，沒料到傅盈不跟她明爭，這樣子顯然是暗鬥了，要是自己撒潑放辣，那就顯得弱了幾分。

她怔了一下，隨即也展開笑臉，說道：「哦，是嗎……你也很漂亮！」

兩個女孩子手拉手到椅子上坐下來，有說有笑的，根本不像剛見面那一剎那間的水火不相容。周父、周母顯然有些意料不到，周濤、周瑩兄妹更是傻了眼，不知道她們這又是怎麼回事。

周宣倒是安心了，只要傅盈不誤會，那就什麼都好說，由得她們去吧。總不能現在就拆曉晴的臺，女孩子最注重的就是面子，自己怎麼能在這時候潑她冷水呢？

再說，魏曉晴確實也是一番好心。但世事總是難料，周宣又怎麼會知道，傅盈竟然不遠萬里追了過來？

兩個女孩子至少表面上和氣親熱起來了，周宣便到外面招呼一直在屋外等候著的阿昌、阿德和張老大夫妻。

阿昌、阿德兩個人提了箱子行李進屋後，跟周宣父母客氣地打了招呼。張老大跟劉玉芳自然是認識周宣一家人的，叔嬸地叫著。劉玉芳又同周瑩親熱地說著話。

堂屋本來不算小，但現在一下子又多了這麼幾個人後，頓時顯得有些擁擠起來，椅子也不夠坐。周蒼松趕緊叫周濤到旁邊屋裏搬了幾把椅子過來，周瑩捏了捏劉玉芳懷中兒子的小臉蛋後，又到邊上泡茶端水忙了起來。

各人都坐下後，周蒼松趁機拉了兒子到裏屋，壓低了聲音問道：

「弟娃子，你幾個月音訊不通，這一下子忽然冒了出來，以前咱家情況不太好，媳婦也難找，可你現在竟然一下子就弄來兩個姑娘，而且還都是這般花兒一樣的人，這是怎麼回事啊？我看這兩個姑娘可是打著燈籠都找不著的，你是怎麼回事？那個傅家姑娘是前幾天就到了咱家，我看她挺好的，你可別對不起人家啊！」

周蒼松連珠炮似地說了一大堆話，周宣都沒有機會插上嘴。好不容易等老爸歇了嘴，然後才笑著低聲說：

「爸，您就放心吧，我保證您的兒媳婦跑不了。」

周宣說著，才想起這次回來的主題：「爸，我這些時候在外面發了財，在北京買了房

子，這次回來，是專門接你們二老和弟妹到北京去的，以後就在大城市好好過日子！」

周蒼松愣了一下，隨即把頭搖得像撥浪鼓一樣，連連道：

「兒子啊，不是我說你，現在大城市跟咱們鄉下可不一樣，別的不說，就說咱們縣城吧，我可是看得清楚。你說我們這一家子要是進縣城了，那靠什麼過日子啊？在鄉下，咱家幾畝地，一年也能掙兩萬多，你弟妹又做一點水果生意，雖然賺得不多，但家裏也還是夠用了。這新房子也建了起來，正好給你做結婚用的新房，以後再蓋另外半邊給你弟弟！」

「這個，」周宣聽得腦袋都大了起來，「爸，我賺的錢夠家裏用了，真的。」

周蒼松擺擺手，完全無視周宣的話，又問道：

「聽說張家老大在外頭倒是混得不錯，發了財，怎麼會跟你一起回來了？還有，外面那兩個年輕人又是怎麼回事？」

周宣抓抓頭髮，很爲難地說著：「爸，我……算了，一下子說不清，以後慢慢跟你們說，那兩個人是我朋友的朋友，這次回來是專門幫忙來接你們過去的！」

周蒼松也給兒子的話搞得很頭大，揮揮手道：

「算了，既然是朋友就好好招呼一下，玩兩天就讓他們走吧，你就別出去攪和了，跟傅家妹子辦了事，成了親，然後就在家跟我照顧那些橘子樹吧，我準備把剩下的兩畝地也全栽上橘子樹苗。你回來正好，人手就夠了。這媳婦我瞧著挺嬌氣的，就別讓她幹什麼，在家幫著你媽打打下手，做做飯就行！」

周宣真是汗顏！正要再說點什麼時，周蒼松卻背手轉身出了房門，周宣只得跟了出去。

周蒼松一到堂屋中瞧見魏曉晴時，又忽然想了起來，忘了問這個了，跟他一起來的姑娘不知又是怎麼回事呢。但周宣已經跟著走出屋來，也就不好意思當著眾人的面問了。

阿昌和阿德倒是真正奇怪，周宣幾時找了個這麼漂亮的女朋友了？瞧她那相貌，可絲毫不弱於曉晴。

在北京，阿昌幾個人就一直覺得曉晴兩姐妹已經是出類拔萃的美麗了，沒想到這次到鄉下來，卻遇見了更漂亮的女孩了！

不過，所有人的吃驚都不如張老大。他從小在周宣他們幾個兄弟之間，是嘴巴最能說的，尤其是對女孩子有一手。而最不擅長跟女孩子打交道的就是周宣，但卻沒想到，這個周弟娃暗地裏花招還多著啊！

人家都說女大十八變，他自己這兄弟倒是男大七十二變，變得他一點都認不出來了！先是忽然在北京巧遇，之後才知道他發了大財，交了不得了的朋友，現在還弄了個超級美女藏在家中！

這讓他這個自詡為情聖的張老大也無地自容啊！他好不容易把劉玉芳千呼萬哄地才弄到手，以為在村子裏的鄉親父老面前可以昂著頭走路了，卻不曾想到，今天被這個默不作聲的

兄弟把這份光彩擊了個粉碎！

不過話又說回來，弟娃這個女人可真不是一般的漂亮啊！

第四十六章 地方惡霸

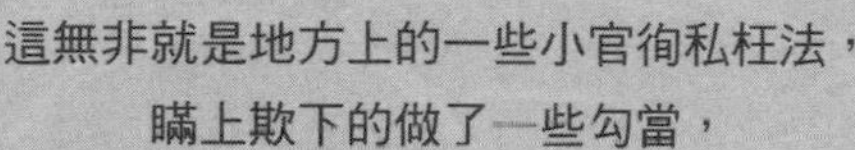

這無非就是地方上的一些小官徇私枉法，
瞞上欺下的做了一些勾當，
若是在普通人頭上，那自然是沒辦法，
但落在了周宣頭上，那就該他們倒楣了。

周瑩給屋子裏的人一人端了一杯茶過來，然後打開了電視，周濤到外面橘樹上摘了幾個大個兒的橘子回來，撥開後給大家吃。

這種橘子是縣裏的新品優良種，個兒大，味又甜，栽苗後的樹，成長期又較別的短，這一帶村民主要都是種這個。待成熟後，絕大部分給縣裏統一採購銷到外地和各大超市，剩下一小部分，自己吃一些，還有些擺攤零賣。

周宣走到門外，見外面自家門前屋後仍有不少人觀望，有些煩，正要進屋把門關上，忽見回村時見到的自己另一個死黨趙俊傑匆匆趕來。

趙俊傑見到周宣便招了招手，把他拉到老屋的房裏，瞅了瞅左右沒人，這才低聲道：

「弟娃，你怎麼回事啊？」

周宣笑笑說：「一時也說不清楚，回頭再慢慢跟你說。」

趙俊傑點了點頭，又低聲道：「弟娃，還有件事你得小心些，前兩天你那個漂亮女朋友來村裏後，村長家那個劉德劉二少便夥同了鎮上的張勇，老是在你家附近打轉，我猜他們是不懷好意。再說，劉德不算，那個張勇也不是好東西，去年就聽說他把鎮上中學的一個女生弄大了肚子，好像是塞了錢又恐嚇便了事，他老子是鎮上派出所的所長，很有勢力，你得注意！實在是你女朋友也太，太那個了，不由得別人不眼紅！」

「呵呵！」周宣笑了笑，拍拍趙俊傑肩膀，對於傅盈，周宣可不擔心。別人來找她的麻煩，不給她打折腿腳才怪，況且現在阿昌、阿德也在，劉村長家劉德和張勇不來惹事最好，一旦真上門找麻煩，那就是給他們自家惹麻煩。

想到這兒，他便笑了笑道：「老二，咱們老朋友好久不見，明天跟咱們一起上山去轉轉吧，反正沒啥事。」

趙俊傑頓時一喜，笑呵呵地道：「弟娃，好啊，跟你一起來的那個女娃子也好漂亮，呵呵。」

周宣明白他的意思，笑道：「老二，要是可以的話，我自然會給你介紹，可是這個小妞啊……可不好侍候。」說著直搖頭。

魏曉晴可是一般人能交到的？不過不好直接打擊老二的自尊，便笑笑著轉移話題。

「老二，好多年沒見過二妞了，她現在嫁人沒有？」

「怎沒嫁，嫁了，嫁給下村的魏洪森，在鎮中學跟咱一個年級，是二班的。現在他們兒子都生兩個了。這兩年不知道怎麼回事，二妞自生孩子後，長得沒以前漂亮了，唉，那個樣兒實在不能看。」

趙俊傑嘆著氣，一邊說一邊抓著頭。周宣趕緊打斷他這個話題，他倒是真不想提了，少年時的荒唐事，想起來只會臉紅。

抽了個空，周宣把老娘叫到房間裏，然後又從衣物裏掏出兩萬塊錢來遞給老娘，說道：

「媽，這錢你們先拿著，就當這幾天的生活費開支，我回來是接你們到北京的，所以也就沒帶多少現金，到時候我給你們辦張銀行卡，出去買什麼東西刷卡就行了，又方便又安全！」

金秀梅有些驚訝，但還是把錢拿著了，問道：

「兒子，你存了這麼多錢？給我拿著也好，現在兒媳婦也在家了，我存著給你們辦婚事。媳婦那麼俊，咱家可不能虧了她，應該置辦的還得辦！」

周蒼松也哼了哼道：

「宣娃子，不是我說你，家裏來客人了，我們自會操辦，你拿這麼多錢就爲了吃這幾天？虧你想得出。客人來了，家裏有，能拿得出的，我們自會辦出來招待客人，難不成還要貸款借錢買龍肉貼面子？對待客人講究的是一個誠字，心意到了就好。你媽說得對，這錢放著給你們辦婚事，我跟老二再把地裏的橘子採了賣出去，湊一湊也勉強夠給你張羅婚事，差的我再跟你舅舅家借一點！」

瞧著父親語重心長的語氣，周宣倒真是又痛又愛，父母對子女的愛盡溢於言表，周宣心裏確實很揪心，父親才五十出頭，頭髮都快白盡了，爲了子女操了一輩子的心，臨到老了還是放不開，母親嘀嘀咕咕的，也儘是要給兒子媳婦添置這個那個的，就從來沒想過自己。

可憐天下父母心！

周宣把父母都請到床邊坐了下來，然後仔仔細細地說著：

「爸、媽，你們聽好了，兒子這次是真發了大財，在北京已經買了房子，是很大很大的房子，全家人過去，弟弟娶媳婦那兒都夠住，我們開回來放在村口的那兩輛車，你們知道要多少錢嗎？一百多萬一輛，只要你們喜歡，我可以一人買幾輛！」

周宣瞧著父母張口結舌的樣子，又趕緊道：「當然，我也不是說要給你們買車，你們也不要車，我只是說我有這個錢，有這個能力讓你們過得好，你們操勞了一輩子，應該享享福了。以後弟妹的事就交給我吧，我是哥哥，我是老大！」

周蒼松已經聽周宣說過要他們到北京的事了，這時也就沒有太大反應，而母親金秀梅則呆了呆後，又搖了搖頭道：

「兒子啊，你發財有錢那是好事，但在外頭人生地不熟的，哪有家鄉好啊，都說離鄉人賤，還是在家好，你瞧咱家現在，七八畝地的橘子一年也有好幾萬塊，就在老家吧，我哪兒也不去。」

周宣這一下真的無計可施了，想了想嘆了一聲，扭頭出去了。看來只能再慢慢想其他法子，這種事硬幹還是不行的。

周宣一出屋，金秀梅趕緊把錢鎖到櫃子裏面，這給兒子結婚用的，不能動。

周宣出去叫了弟弟周濤，然後又叫了張老大和趙俊傑，準備到鎮上去買些菜回來。弟弟和趙俊傑熟車熟路，張老大會開車，到鎮上有六公里路，還是要開車去才行。

只是周宣一說，阿昌、阿德也說要跟著走一趟，閒著沒事瞧瞧風景。周宣笑呵呵答應了，玩玩也好，在家待著估計也挺悶的，不曾想到傅盈和魏曉晴都要去。

周宣呆了呆，隨即揮揮手道：「好好好，都去都去，反正有車！」

只有周宣父母留在家裏。周宣想了想，就對弟弟說道：「弟，你就別去了，在家幫爸媽和妹收拾一下家裏，我去就行了，有這麼多人，又有俊傑跟著。」

周濤點點頭應著：「好！」然後又把頭湊到周宣耳邊低聲道：「哥，嫂子來了幾天都沒出過門，你在鎮上給她買件衣服吧，這個嫂子挺好的！」

傅盈雖然是大富大貴的人家出身，但不嬌氣不做作，又漂亮，性子又直，周宣一家人都喜歡她，妹妹周瑩更是跟她好的不得了，嫂子嫂子叫得親熱得很。

張老大的媳婦劉玉芳這時抱著兒子回張老大家裏，公婆也想見孫子。

一行人到了村口，張老大興奮地開了一輛車，這時候心不跳手不顫了。另一輛車由阿昌開著，趙俊傑坐在張老大旁邊，周宣拉了傅盈坐在後排。

魏曉晴不聲不響也跟上車，坐在周宣旁邊。周宣十分頭痛，看來魏曉晴這個位子不搶回去，她還真不會甘休。

六個人兩輛車，就往鎮上的方向開去。

剛剛在村口取車的時候，周宣看到了人群中圍觀的劉村長的二兒子劉德，在他身邊還有一個穿著挺時尚的年輕人，嘴裏叼著根煙，眼光死死盯著傅盈和魏曉晴倆人。

周宣沒理睬他們，這些小混混不來惹事就好，自己也不想生事，反正回家也只是要把家人接走，以後也不會回這個地方，也就沒有了再見面的機會，管他們幹嘛。

周宣六年沒回老家，說實話，還真大變樣了。

趙俊傑介紹著：「弟娃，你幾年沒回家，老家早不一樣了，現在每個村都鋪了大馬路，手機信號也都通到每個村。」

「是啊，我走之前，這路還是石子路，坑坑窪窪的，坐在車裏都給抖暈了，現在的路確實好多了！」周宣瞧著車窗外的風景感慨著。

周宣一說到車，趙俊傑便興奮地道：

「弟娃，你們這車真帶勁，劉村長家二娃買了輛雙排長安車就炫耀得不得了，呵呵，劉德那車要三萬多，你們這車得多少錢？」

「三萬多？」張老大笑道，「老二，這車是進口車，要一百二十多萬，你算算能買多少輛長安車？」

趙俊傑愣了一下，不禁咋舌，半晌才道：「好傢伙，這車是你們借的還是單位上的？」

「當然是自己的，我跟弟娃也沒有單位，就自己幹，車也是自己的。」張老大神情很是得意，回村後鬱悶的心情一下子就消失了。

趙老二也是他們死黨之一，在老二面前炫耀了一把，張老大心裏著實很爽。

鎮上如今也大變樣了，新街道也增加了兩條，還有步道，公路兩邊的新房子清一色的四層樓，很漂亮。不過，周宣他們這兩輛悍馬車也一樣招眼，街道上最多的是長安車，這在北面一帶很適用，可以載貨帶人，價錢又便宜。

街上也有幾輛小車停靠在路邊上，但都是十來萬的車，基本上是本田、雪佛蘭、現代等等牌子，像他們這兩輛威猛的悍馬的確引人注目，不懂車的不知道，但懂車的人幾乎都明白悍馬車的價值。

當然，還有一個引人注目的原因就是，傅盈和魏曉晴這兩個美女。在鄉下地方，這麼漂亮的女孩子可真是少見，別說是鎮上，就是縣城裏也難見到。

車就停在路口，阿昌和阿德隔了他們五個人落在後面跟著。周宣、張老大、趙俊傑三個人和傅盈、魏曉晴兩個女孩子就在路邊的店裏慢慢看著。

周宣倒是記著弟弟說過的話，想給傅盈買個什麼禮物，可傅盈在這些店一掃而過，就沒想要買什麼，也不知道是瞧不中意還是不喜歡購物。不過又想回來，傅盈這樣的女孩子怎麼會買跟路邊攤差不多的便宜貨呢？

轉到賣菜的市場裏後，傅盈和魏曉晴都活躍了起來，嘻嘻哈哈嬉鬧起來。攤位的老闆都是中年婦女，嘴巴甜得很，雖然是土話，但魏曉晴和傅盈都聽得明白，尤其是傅盈，跟著周宣家父母弟妹過了幾天，已經適應聽這種語言了。

老闆娘又是讚自己的貨好，又是稱讚倆人長得漂亮。

傅盈在生意上向來是不吃虧的，但那是在她家族的大生意上，像這樣雞毛蒜皮的小販生意，自然不會計較，老闆娘說什麼就買什麼，魏曉晴也是由著她自個兒的喜好，不大的菜市場走出頭，周宣、張老大、趙俊傑，甚至阿昌、阿德都給叫上前來提了貨物，鮮活的雞鴨魚肉，嫩綠的小菜，五個人都各自提的沒有空手。

但傅盈和魏曉晴似乎還意猶未盡，周宣趕緊叫道：「兩位大小姐，可別再買了，提不回去是小事，買回去放在家裏吃不了會爛的。」

魏曉晴回頭瞧了瞧他們五個男人，忍不住彎腰笑個不停，笑了一會兒才止住道：

「好，放過你們！」

提了東西出菜場，到車邊把後車箱打開，把東西全放了進去，阿昌、阿德把後車箱使勁蓋下來，這才拍了拍手鬆了口氣。

周宣再瞧著傅盈和魏曉晴，問道：「你們是想再逛逛街呢，還是……」

傅盈倒是想再逛逛，她想要給周宣的父母和弟妹買點禮物，但又不想跟魏曉晴一起買。

周宣笑笑，正想說話，身邊趙俊傑的手機響了。趙俊傑拿出手機按了接聽鍵，然後放到耳邊：

「喂，什麼？他們到你家生事，把叔和老二打了，還把老二給抓走了？」

周宣一怔，隨即臉色刷一下就沉了下來，森森地道：「走，馬上回去！」

回去的路上，周宣臉色越來越難看。車是由阿昌和阿德開的，速度更快。

在村口一停車，周宣下了車就往自家急急趕回。

在自家不遠處，周宣便瞧見妹妹周瑩在屋角邊蹲著抽泣，看到周宣後，當即站起身奔過來，緊緊抱著他哭起來！

周宣喘了幾口氣，摟著妹妹拭了拭她的眼淚，一邊往家裏走，一邊沉聲問道：

「小妹，別哭，到底是什麼事你說，有哥在，什麼都別擔心，別害怕！」

張老大早罵罵咧咧起來，趙俊傑倒是知道劉二娃和張勇的勢力，沒敢怎麼出聲，周宣雖然瞧起來發了財，但強龍都不壓地頭蛇呢，何況周宣還稱不上強龍吧，只能勸勸兄弟，托人送點禮物把事情解決了就行，心裏就在盤算著找什麼關係，要送多少禮了。

阿昌和阿德卻是陰沉著臉，來的時候，魏海洪可是私底下囑咐過他們了，無論如何得安安穩穩把周宣一家人接到北京，但卻想不到，一到這兒就出了這麼一樁子爛事，如果擺不平，他倆的臉往哪兒擱？

在新堂屋裏，周蒼松臉上烏青，手背上還有些血跡，金秀梅頭髮散亂著，眼淚橫流，房間裏的東西也亂七八糟的，椅子水瓶杯子碎了一地，電視機的螢幕也給砸穿了一個孔。

周宣把妹妹交給傅盈，又到旁邊屋裏找了兩把椅子過來，扶著爸媽坐下，然後才問道：

「爸、媽，到底是怎麼回事？」

周蒼松嘆了口氣，然後才低聲地說道：「兒子啊，先拿點錢，弄點禮物到村口劉村長家求求情再說吧，我們鬥不過人家，快想辦法把你弟弟換回來吧。」

周宣點點頭，努力平息著心裏的怒氣，定了定神又問道：

「好，爸，你先說說，到底是怎麼回事？」

周蒼松又嘆了口氣，然後才苦澀地說了起來：

「前年搞馬路擴建工程時，劉村長想把他家門口那路擴大些，但路邊的地是咱家的，他就說跟咱家換地，這事我也就答應了，劉村長就把路擴了，占了咱家四分地，我一直也沒提這事，心想：等咱家存點錢，把自己門口這路也修一修，擴一擴，可以把車開進來，到那時再跟劉村長說一說，把這兒的地換回給我們。

你沒回來之前，我已經跟劉村長說過了，先擴了一點人行路，占了一分地都不到，本來是好好的，啥事也沒有，但今天劉家二娃子忽然帶了一幫人來說，咱家占了他的地，要補償

損失費。什麼地價費的，加起來要一萬多塊，我們家的地可沒提過要一分錢啊，他憑什麼就來向我們要錢了？而且還是劉村長自個兒答應過的！」

周蒼松說到這兒，便有些激動起來：

「我自然不服氣，說要去找他爹劉村長理論，劉二娃就打了我兩拳，把我推在地上，你弟弟看見我被打，哪裡能服氣，上去就跟劉二娃打了起來。但劉二娃他們人多，五六個人把二娃子按在地上就打，然後又報了警，接著，派出所的人過來就把你弟弟帶走了！」

周宣總算是弄明白了來龍去脈，瞧著老爸臉上的傷痕，臉色更是鐵青起來。

傅盈在一邊用紙巾給周瑩擦淚水，魏曉晴卻是氣憤地道：「真是無法無天了！」

周宣瞧了瞧阿昌和阿德，兩個人也正盯著他。

阿昌低聲說道：「小周，這事你不用出面，我跟阿德去把你弟弟接回來，你放心，我保證沒事，他們怎麼做的，那就怎麼還回來！」

周宣心裏明白，點點頭，然後又對張老大和趙俊傑道：「老大、俊傑，麻煩你們在家照顧一下我爸媽妹妹，我跟阿昌、阿德去派出所接我弟弟！」

周蒼松趕緊道：「宣娃子，拿錢……拿錢去！」

周宣搖搖頭說：「爸，不用了，我身上還有錢，我知道怎麼辦，你不用擔心，在家好好養著。」

周瑩卻是有些害怕，似乎是被劉二娃那一夥人的兇狠嚇到了。顫顫地拉著周宣的手道：「大哥，你別跟他們再打架，我們花錢把二哥接回來就好，你不能再被抓進去。」說到這裏，忍不住放聲大哭起來。

周宣心裏一痛，用衣袖給妹妹擦了擦淚水，說道：「小瑩，別擔心，大哥沒事，一定把二哥好好的接回來！」

出了門，周宣見阿昌、阿德跟著出來後，傅盈和魏曉晴也跟了出來，皺著眉頭說：「盈盈、曉晴，你們兩個就別去了，就在家吧。」

「我要去！」傅盈淡淡說了一聲，語氣雖淡，但卻很堅決。

「我還怕他們吃了我不成！」魏曉晴卻是另外一種語氣。

周宣想了想，倒也不再反對，普通人自然不會明白，像魏曉晴這樣的身分哪會怕什麼事？再說，這也不是什麼大事，無非就是地方上的一些小官徇私枉法，瞞上欺下的做一些勾當，這樣的事也多了，若是在普通人頭上，那自然是沒辦法，但落在了周宣頭上，那就該他們倒楣了。

派出所在鎮上的西頭新街，這是新建的四層樓房，占地約有七八百平方，外面還有圍欄圈著的一個大停車場。

阿昌和阿德把車開進大門裏邊，停到廣場中，然後下車往大樓裏去。

大門口正好有一個穿制服的員警出來，一見他們這兩輛悍馬，愣了一下，隨即又問道：「你們是幹什麼的？」

周宣沉沉道：「報案！」

那警察瞧見傅盈和魏曉晴兩個女孩子下了車，又是一怔，這兩個女孩子太漂亮了！一邊瞄著傅盈和魏曉晴，一邊道：

「報案啊，跟我進來！」

大廳裏有十多個人，男女老少都有，有的是來報案，有的是來交什麼罰款之類的。那警察把周宣這五個人領到右邊第二間房裏，裏面辦公室還坐著一個員警，辦公桌對面有幾張長板凳。

那警察指了指板凳說：「坐下說吧，什麼事？」然後，又對辦公桌後面坐著的警察道：「記錄一下！」

那叫小張的點點頭，然後在電腦鍵盤上按了幾下，眼光卻不自禁地瞄了瞄傅盈和魏曉晴。美女到哪裡都是惹人注目的。帶他們進來的那個員警笑了笑，走了出去。

「說吧，你們報什麼案？」那個小張問著。

因爲阿昌和阿德以及傅盈、魏曉晴都不太會說本地話，所以周宣就站上前說了：

「我要報案，前錦村劉村長兒子劉德和同夥張勇無故打傷我父親和弟弟，並砸壞我家中財產，而且我弟弟還被抓到派出所來了，不知道你曉不曉得這件事？」

小張「哦」的一聲愣了一下，隨即抬頭仔細瞧了瞧周宣，然後才問道：「你就是周宣？周家那個老大？」

周宣點點頭：「看來你們是知道這件事了，我弟弟在哪兒？我要見他！」

小張冷冷哼了一聲，道：「你說要見就見啊，你當這裏是你家是不是？再說，劉德和張勇還在派出所呢，人家說的跟你說的可是兩碼事，人家先報了案，你弟弟打了劉德，這事情，我們還在調查。」

周宣眼睛都快瞪出火來。弟弟的被打被抓讓他有些失控了，伸手猛拍了一下桌子，吼道：「還調查個屁！六七個人打一個人，現在還反咬一口？」

那小張也嚇了一跳，但隨即站起身喝道：「放肆！你給我老實點！」

「嚷嚷什麼，不像話！」

門口這時傳來一聲威嚴低沉的聲音，小張趕緊道：「張所長，這報案的人不像話，把這兒當他家了，我正說著呢！」

周宣幾個人瞧了瞧，從門口走進來一個四五十歲樣子的男子，也穿著制服，樣子的確很威嚴，一雙眼瞪了周宣一下，然後走到桌子邊。小張趕緊把位置讓給他。

這個人大概就是張勇的老子張所長了。

周宣瞧著這個張所長，不知道他是裝蒜呢，還是不知道這回事，冷冷道：

「說，到底是怎麼回事？」

「我叫周宣，是前錦村人，前錦村的劉德和同夥張勇一起打傷了我父親和弟弟，而後又報案，把我弟弟帶到派出所來了。現在我來報案，一是來接回我弟弟，二是討個說法。」隨後，周宣又把周家和劉村長的紛爭說了一遍。

張所長聽了後，有一會兒沒說話，倒是瞧著周宣問道：

「劉德也來報案了，跟你說的不一樣，嗯，在沒有調查清楚之前，你弟弟不能放，就這樣。小張，你做個筆錄，你們回去等通知！」

張所長說完站起來就要走，周宣伸手一攔，道：「張所長，我再說一次，人，我是一定要馬上接走，歹徒我一定要追究！」

張所長一瞪眼，喝道：「怎麼了？你還造反了不成？」

周宣沒說話，阿昌和阿德立刻竄上前就動手，小張和張所長倆人猝不及防之下，給阿昌和阿德一下子卡住了脖子，當即伸手往腰間摸去。阿昌和阿德都是從警衛處出來的人，這個動作對他們來說最明白不過，掏槍！

小張和張所長當然也不是普通人，那也是天天練的，動作還是有幾分迅速敏捷，但奈何在阿昌和阿德手下就遠不夠看了。手還沒伸到腰間，槍已經被倆人奪了去。

派出所的槍枝子彈沒有城市裏面管得那麼嚴。在地方上，一般的民警平時不給帶槍，但鄉鎮的派出所，天高皇帝遠的，縣官都不如現管。

阿昌和阿德迅雷不及掩耳便把小張和張所長拿下了，手槍在手中一轉，槍口便頂在他倆人額頭。

阿昌手槍在手中轉動的時候，「嗒」的一下便把保險打開了。張所長頓時驚得冷汗也出來了！

就憑這一下，他就知道阿昌和阿德這兩個人不是普通人，至少是拿過槍開過槍的，這動作嫻熟得只有摸了槍枝很長時間的老手才做得出來。

「你們要幹什麼？襲警可是……可是重罪！」張所長這時底氣有些不足了，畢竟黑洞洞的槍口正頂在額頭上！

阿昌冷冷地道：「把周濤帶出來，否則我的槍滑了，你知道會是什麼後果！」

張所長呼呼地喘了一口氣，在桌上拿起電話撥了號，就叫道：「把周濤帶到審訊室來！」

放下電話後，阿昌鬆開了卡住他脖子的手，與阿德兩個人都退後了兩步，但手槍依然指

著他們兩個人。

張所長這時才打量了一下阿昌和阿德兩個人，眼光一碰，便感覺到阿昌的眼中冷森森的，沒有絲毫的害怕。要是自己真要倔著頭皮硬抗的話，這傢伙說不定真會開槍！

張所長這時候才覺得背上都是冷汗，一邊的小張比他更不如，臉上的汗珠子直淌。

這時門邊笑聲傳來，又來了三個人，兩個是穿著花襯衣的年輕人，一個是剛才帶周宣他們進來的那個警察。

那警察進門一見這個場景，當即一愣，隨即把手往腰間伸去，阿昌手一偏，槍口對準他，冷冷道：「別動，否則子彈可不長眼！」那警察立即不敢動彈。阿德一個箭步竄上去就奪下了他的槍。

另外兩個青年，周宣認得其中一個就是劉村長的二兒子劉德，另一個，瞧那囂張的表情，估計就是張所長的兒子張勇了。

張所長幾個人懂，可劉德跟張勇就不懂了，到底是沒見過抓槍開槍的，見屋子中的幾個人動作有些好笑，一時還沒反應過來，主要是壓根兒想不到會有人到派出所來搶槍逼警，這種事可太難見了！

張勇笑嘻嘻地道：「爸，你怎麼了，怪模怪樣的。」然後又對周宣幾個人喝道：「喂，你們幾個！」驀地一眼瞧到傅盈和魏曉晴也在場，頓時話也吞回肚中了，笑嘻嘻地道：「小張，他們報案嗎？好啊，我們跟兩個妹子到隔壁，你們好好問吧！」

傅盈哪裡還會容忍，伸腳一踢，張勇「哎喲」一聲就滾倒在地，抱著膝蓋處直打滾呼痛！

這一腳別看不動聲色，但阿昌、阿德可瞧得出來，這絕對是技擊有很深的造詣才踢得出來。可以說，傅盈這一腳的功夫，並不比他們倆人差。

這倒有些令他們兩個吃驚了。傅盈究竟是什麼來頭？看她一副嬌柔漂亮的樣子，跟曉晴一樣，怎麼身手這般了得？

那劉二娃跟張勇是死黨，這裏又是張勇老子的地盤，見張勇挨踢了，自然順勢就上前抓住傅盈，姿勢極不雅觀。

他當然是見傅盈是個漂亮女子，佔便宜的心思已經憋了好幾天了，這會兒哪裡還忍得住，正好借著給張勇出頭的機會上手。只是他根本就沒注意，張勇為什麼給踢得躺在地上喊痛。在他看來，張勇不過是給傅盈無意中踢到了痛處罷了。

別看張勇平時一副老大的樣子，這會兒卻真是膿包相，給個女人踢了一腳就大呼小叫的，也不知道是不是要在他老子面前演戲。

傅盈對衝過來的劉二娃閃也不閃一下，雙手一伸便扭住他一雙手，只一抖，劉二娃一百四十斤的身體竟然給她提得在空中翻了一個滾，然後才砸落在地上。

在「喀喀吧吧」的聲音中，劉二娃躺在地上一陣發顫，狂呼道：「哎呀，我的媽呀，好痛啊，手指全斷了。」

張所長這時心裏更是驚疑莫名。來的這幾個男男女女好像都不簡單，這樣的身手可不是普通人，別說他們三個，就是把所裏剩下的七個民警全叫來，也不是他們幾個人的對手啊！

這時，另一個沒見過面的便服青年男子扭著周濤進來了。周宣一見弟弟那個樣子，頓時心都絞痛起來！周濤臉上左眼青腫，右臉烏了一大塊，嘴角還隱隱有血痕，一雙手還給反綁著。

按照常理來說，普通人給逮到派出所以後，是不能上刑具的，除了重刑犯以外。周濤是重刑犯嗎？他身上的衣服上還有許多明顯的鞋印，不知有多少人打過他！

周宣衝過去就給那個押著弟弟的人臉上一拳頭，那人退了一步喝道：

「幹什麼你？找死啊！」

眼見張所長和幾個同事都在，這被人臉上打了一拳如何下得了台？但隨即又見地上躺著叫喚的兩個人，一個是劉德，另一個是張所長的兒子張勇，而張所長正呆呆地跟小張在辦公桌後不敢動彈，頭一偏，這又才發覺原來牆角邊還有兩個陌生男人持著槍對著他們呢！

這一驚非同小可，可是他身上沒槍。

第四十七章

踢到鐵板

按照他以往的經驗，打了人後再把周濤關上兩三天，
恐嚇一番後，他家裏就會到處找關係托人來保他出去。
之後，他們全家都會忍氣吞聲，把這事大事化小，小事化無。
但沒料到的是，這次撞到鐵板上了！

阿昌槍口對著他一揮，喝道：「到對面牆邊站好！」

這人只得過去跟張所長他們站了一排，眼睛骨碌碌盯著阿昌。

周宣又衝過去，幾乎是咆哮著叫道：「鑰匙！」阿昌手一揮，「砰」的一聲響，一槍把桌上的電腦顯示幕打了個稀巴爛，碎裂的螢幕玻璃散落一桌子。

這一下真個是把張所長他們一群人嚇了一大跳，這傢伙真敢開槍！

那人毫不猶豫地掏出鑰匙遞給了周宣。周宣拿過鑰匙就給弟弟開了手銬，從背後看到周濤的手上已經是烏紫一大片，被銬過的肌膚血糊糊的。

周宣將取下的手銬狠狠扔在牆角裏，拿眼瞪著這幾個人。

周濤顯然還是很害怕，顫顫低聲叫道：「哥。」

所謂愛屋及烏，傅盈心疼地從口袋裏拿出一包紙巾，取了一張出來，輕輕給周濤擦著手腕上的血跡，一邊擦，一邊又是輕輕吹氣給他止疼。

周宣瞪著張所長，冷冷地問道：「張所長，這事你要怎麼處理？」

張所長沒有硬頂，只是提醒了一下：「我們會公平處理，但是你們這樣做是違法的。」

「公平？」周宣差點就罵出了粗口來，忍了一下才又說道：

「我弟弟被打了，在執法機關還被銬著打，請問，他是犯了什麼重罪大罪？」

張所長眼珠子轉著，心裏只想著：搞出了這麼大動靜，外邊的人應該知道了往上邊求援，等縣裏的人來了，這一群人恐怕就沒好果子吃了，暫時還得軟一軟，好漢不吃眼前虧，他們說什麼就依什麼，拖到人來了再說！

周宣瞧著張所長的表情，一會兒又瞄瞄窗外，知道他在等援兵。咬了咬牙，這事要做就做到底。得罪就得罪了，經過了今天這事，他心裏已經下了決心要把家人全部遷走，也不怕他以後想報復。

想了想，周宣對阿昌道：「阿昌，你給洪哥打個電話，請他幫這個忙！」

阿昌本來想說他自己就能處理好，但周宣說了，他也就照做，洪哥出面，自然比他出面會更好。

阿昌點點頭，把手槍遞給阿德，然後自己到外邊打電話，兩分鐘後進來對周宣點點頭道：「小周，洪哥叫你不用擔心！」

張所長見他們裝模作樣的樣子，心裏冷哼哼的，裝什麼樣都沒有用，做了這樣的事還能有什麼好果子吃？

阿昌從阿德手裏接過手槍，又對周宣說道：「小周，洪哥說了，別的事你都不用管，他們怎麼對你家人的，都先找他們把賬要回來！」

周宣應了一聲「好」，然後走到張勇身邊，把他頭提起來就狠揍了幾拳，打得他鬼哭狼嚎的，眼睛烏了，鼻血流了，牙齒也落了一顆。

張所長見兒子挨了狠揍，頓時心痛，叫道：「別打人！你們這樣做，想過後果沒有？」

周宣哪裡理他，扔了張勇，又狠狠踢了劉德幾腳，劉德本來十根手指頭都給傅盈扭斷了，正痛不欲生，給周宣踢了幾腳，雖然痛，但卻遠不及手指上的痛楚，十指連心啊！

就在對峙的這一陣子，外面的廣場上響起了凌亂的車喇叭聲，接著又是凌亂的腳步聲，甚至還有拉槍拴的聲音。張所長心裏頓時一喜，縣裏的人終於來了！

果然，窗戶上的玻璃一下子給砸得粉碎，立時便是十來支自動步槍的槍口伸了進來，門口也有黑洞洞的槍口對準屋裏。張所長這時嘿嘿冷笑起來。

門口一個身材高大的持槍中年男人叫道：「把槍放下！」

阿昌淡淡笑了笑，把手槍扔到桌子上，阿德也緩緩把槍放到桌子上。張所長和小張倒是迅速把手槍撿起來拿到手中，再把槍口迅速對著阿昌和阿德。

阿昌笑了笑道：「馬後炮！」

張所長對首先衝進來的那個高個子伸手道：「李隊長，你可來了。」

李隊長點點頭，阿昌開槍的那一下，外邊的員警已經知道了，馬上給縣局打了電話。出了這樣的事，縣局哪敢怠慢，立即出動了刑警大隊，而且是全副武裝，在這個地方，以前可是從來沒出過這樣的事情！

李隊長掃了一眼阿昌這邊幾個人，沉聲道：「全部都銬起來，帶到縣裏去！」

阿昌哼了哼，說道：「慢著！」

他倒是對衝進來的十多支長短槍口夷然不懼，指著張所長道：「等五分鐘，等電話！」

張所長冷笑道：「到局子裏去吧，還等什麼電話，什麼電話都不管用了！」

阿昌笑笑道：「不是我等電話，是你等電話！」

張所長哼了哼，有點莫名其妙，又見兒子還躺在地上呼痛，趕緊過去把兒子扶起來，張勇咧著嘴直叫喚：「打，打斷他們的狗腿。」

張所長瞧了瞧李隊長，遞了個眼色，他跟李隊長還是有些交情的，李隊長明白他這個意思，笑了笑，微微點頭。這幾個人搶槍襲警，那絕對是沒有好下場的。

來之前，他特地問了打電話過去的民警，知道來報案的周家就是前錦村的一個普通居民，沒有什麼後臺，所以心裏有數，像這樣的事，說大了就是無期徒刑，說小了也有七八年牢好坐！

張所長拉著李隊長出門到過道上說私話，只是還沒開口，口袋裏的手機就響了起來，張所長掏出來一瞧，笑笑道：

「是鄭局長，呵呵，可能是問這件事的吧，鄭局長關心我老張的安危啊，呵呵，老弟，我先接電話。」

李隊長笑著點頭，自己腰間裏的手機也響了起來，取出來一瞧，笑了笑道：「真巧，我

這是鄭局辦公室的電話呢，我也接個電話。」

兩個人都按了接聽鍵放到耳朵上，只是聽了幾秒鐘後，忽然都收起了笑容，表情一下子就變了。

張所長的表情更是顯得有些無法相信，呆愣了一會兒才叫道：「鄭局長，鄭局長！」電話那邊早已經掛掉了。

李隊長剎時就變了臉色，擺擺手道：「張所長，不必再打電話了，鄭局長已經馬上趕往這裏來了。」

說完，李隊長也沒有再理會張所長，趕緊轉身進了房中，衝著自己部下叫道：「幹什麼？還不都給我把槍收起來？」

然後，他走到窗口對周宣說：「放心，你們家的事情，我們上級已經指示過了，要著重處理，請你們稍等一會兒，我們上級就親自過來了，呵呵！」

李隊長的轉變讓他幾十個部下一下子明白，原來這些人是有背景的。想想也難怪，這年頭，沒底的事兒有誰敢這樣做？要麼是瘋子，要麼就是大人物！

把一眾部下都趕出了房間外，李隊長就請周宣他們幾個人坐下來，張勇還在叫嚷著：「李叔，你怎麼回事？還請他們坐？給我打斷他們的狗腿！」

李隊長回身就給了他一耳光，罵道：「閉嘴！就缺管教，無法無天！」

張勇頓時愣了，這一記耳光打得他耳朵嗡嗡響，腦子也是一團漿糊，想不清楚事來。

他老子張所長這個時候也是腦子裏亂哄哄的，獨自在想著剛才鄭局長那一番簡直是兇狠地呵斥。他搞不明白，這一夥人不就是那周家大兒子的朋友嗎，不可能有什麼勢力啊，可是聽鄭局長那口氣，就算是把他親老子揍一頓，他也不會有這反應，倒是搞不清楚周宣這幾個人是什麼來頭了！

這時候，張所長考慮的是如何應付自己眼前的事情。以他的經驗來看，周宣一方最大的罪過就是搶槍襲警，但張勇和劉德幹的事他如何不清楚？這幾年來，這混蛋兒子幹的缺德事可不少，雖然大案沒有，但小犯不斷。

不過，像這回對周宣家的事情，按照他以往的經驗，也就是打了人後再把周濤關上兩三天，恐嚇一番後，他家裏就會到處找關係托人來保他出去。保出去以後，他們全家都會忍氣吞聲，把這事大事化小，小事化無了。

但沒料到的是，這次撞到鐵板上了！

這個周家大兒子在外面交了什麼來頭很大的朋友嗎？似乎有些天方夜譚啊！

張所長在思索的時候，又覺得李隊長這人真是不夠意思，剛剛還稱兄道弟的，一接了鄭局長電話後，馬上就變臉不認人了。嘆了口氣，也怪不得人家，要是換了自己不也一樣麼。在這個圈子中，哪個不是這樣？再說，自己那混賬兒子幹的壞事多了。前幾天看的電影裏不

是有句話嗎？出來混的，遲早是要還的！

張所長考慮的是，究竟會是一個什麼樣壞的結果，能不能最大限度的補救。

這時，外面車聲混雜起來，一輛接一輛的，似乎來了很多車。張所長便知道，鄭局長他們來了。只是憑他的經驗來看，車來得越多，那就表示對方的來頭越大，而自己的處境就越糟糕！

外面的民警已經得到上頭下來的命令，把無關人員全部清理出去，然後派人守住大門，阻住一切進來的人。又安排了十幾張椅子在大廳中。房間中的周宣幾個人，自然是不會做出任何動靜。

接下來，有四五個氣度不凡的中年男人走進房中，李隊長陪著笑臉迎接進來。這幾個人他都認識，縣裏的縣委書記、縣長，鄭局長還只是跟在最後面，輪不到他露面。

不過，走在最前面的一個人卻不是縣裏的人。李隊長一見有些面熟，隨即一下子想了起來，頓時吃了一驚！

這最前面的一個人，是市裏的羅書記！

李隊長越發吃驚起來，這周宣背後到底是什麼人啊？

羅書記適逢其巧，正好下來視察，在縣裏與幾個縣頭頭兒交談縣裏的發展情況，卻接到了省裏打來的直線電話。打給他的是省委書記本人，這讓他又驚又嚇，也不清楚到底是什麼情況，只知道是下面基層的一個派出所惹了大麻煩。

羅書記臉色鐵青，當即領了縣裏的書記、縣長、公安局長一同風風火火趕了來。在審訊室裏，羅書記率先與周宣握了握手道：「你好，我是市委書記羅江成。小周同志，請到大廳裏再慢慢說吧。」

周宣點點頭道：「羅書記，你好！」

羅江成微微笑著請周宣幾個人一起到大廳中去，一邊有意無意地瞧了瞧阿昌、阿德和傅盈及魏曉晴幾個人，阿昌、阿德的冷殺之氣，傅盈和魏曉晴美而不媚的高貴氣度，羅江成心裏就直嘀咕，這些人絕不簡單！

當然不會簡單，從省裏來的那個電話讓他心裏不安，而且省裏那位還隱隱透露，一定得妥善處理好一切事務。

「眼睛放亮一些，壓力還來自更上層。」

這話讓羅江成心裏到現在都不能平靜，省裏那位的更上層，那還不明白麼，比他更高的來自哪裡？像他這個市委書記，也只是一個正廳級，今年五十四歲了，有可能的話，至多到省裏任一屆副書記就退休，還有可能就是在市委書記任上直接退休。

這兩方面對羅江成來說，都算不錯的結局，他沒有更高的企求，做到他這個地位，求的

就是安穩，而不是突出的政績。他寧願沒有政績，也不要搞危險的政績，安安穩穩在這個位置上退居二線才是最重要的。但現在的這個事情，卻有可能影響到他的未來！這如何能讓羅江成不心驚？

在大廳裏坐下後，縣裏的幾個頭頭兒甚至都沒有位置，鄭局站在縣委書記和縣長的後面。羅江成這才問起周宣詳細的情況來。

周宣把事情的起因，前前後後給羅江成說了一遍，羅江成越聽越火，到後來，更是用力一拍大腿，冷冷喝道：「不像話！」

縣裏的幾個頭頭兒無不是膽戰心驚的，在這樣的場合下，他們連插話的資格都沒有。而在最後面的張所長臉如土色，看羅書記的表情、聽他說的話便知道，自己的前程算是栽了。

羅江成想了想，然後對周宣和他身邊傷痕累累的弟弟誠懇地說道：

「小周，你們這事我基本上弄清楚了，你們放心，作爲市領導，我保證給你們一個滿意的答覆！」

說完，又側頭對身後的縣頭頭兒們道：「現在，你們幾個就當著小周的面，給我拿一個處理方案來。」

就在縣幾個頭頭兒有些尷尬地討論著處理結果時，周宣幾個人卻又各是一種心態。

阿昌、阿德還有魏曉晴自然是不以為然，這個結果早在他們意料之中，半點也不會覺得詫異。

傅盈倒是在暗暗琢磨著周宣這些朋友的來歷了。瞧著阿昌出去打電話，這才不到半小時，這個縣裏的領導們便十萬火急地趕來了，這可不是一個普通人辦得到的。又聽周宣說過，跟自己有些較勁的魏大小姐就是他那個朋友的侄女，從魏曉晴身上便看得出，魏曉晴身上自帶有一種高貴逼人的氣質，這種氣質傅盈熟悉得很！

周宣的弟弟周濤一開始有些害怕，著實給這些人整得怕了，但現在看到整他的幾個人都遠遠躲在人群後邊，那個劉二妹和張勇更是被嫂子踢得在地上直打滾，而平時在電視中才見得到的縣委書記和縣長這些大人物，竟然都耷拉著腦袋，嘴裏說的都是些要怎麼怎麼嚴懲過失者的話，周濤再瞧瞧哥哥周宣，臉沉著一言不發，那個張所長更是像被老師罰站的小孩子般站得直直的，腦門上全是汗水！

這還是他印象中那個哥哥麼？那個踏實不出風頭的哥哥麼？

再也不是了！

周濤知道，從那個美麗的嫂子找上門來後，他的哥哥就再也不會是以前那個平凡的哥哥了。但有一點他仍然相信，哥哥再怎麼變，疼他們護他們的心卻一點也沒有變！

周宣在這個時候想的，已經不是如何為弟弟和父母出更大的氣了，而是決心趕緊把全家

人遷往北京。他不想也不會去欺壓別人，但弱者是肯定會受到欺負的！

打也打了，氣也出了，後面的事情他們自己會處理，有洪哥從上而下的壓力，縣裏怎麼處理這事，周宣一點兒也不擔心。

周宣最後跟羅書記握了握手，然後說道：「羅書記，這事我們也就不再多說了，怎麼處理那是鎮裏縣裏的事。我弟弟身上有傷，我們就先告辭回去了！」

羅書記站起身微笑相送：「小周，有機會咱們再多聊聊，你回去讓家裏人放心吧，一定給你們一個滿意的答覆！呵呵，我調兩部車送你們回去吧。」

周宣搖搖頭，指著街邊兩輛悍馬道：「謝謝羅書記，我們自己開了車來的！」

阿昌和阿德把車開到門口，周宣扶著弟弟上了車，然後傅盈、魏曉晴也都上了車，兩輛悍馬一前一後開出了派出所的停車場。

羅書記盯著悍馬車上的車牌，等車開出眾人的視線後，才回身衝著身邊幾個人道：「你們都進來，其他人留在外面。」

進廳裏的都是縣裏的幾個頭頭兒，然後是張所長和幾個民警。

羅書記這才對張所長幾個人黑著臉喝道：「你們幾個是不是眼瞎了?從車牌上都可以知道，有些人是不能沾惹的，你也惹不起！」

羅書記說著，又對著鄭局長道：「我提議，所長就地免職，參與這件事的民警全部停職察看，縣領導有關責任人都寫一個檢討書，我會通知紀委進行調查。」

羅書記將眼光在眾人面上慢慢掃過，然後對張所長和幾個民警道：「你們都出去！」

等幾個人顫危危到大門外的廣場中後，羅書記才又緩緩低沉地對縣領導說道：

「在這之前，你們有補救的機會和時間，那就是怎麼讓周宣得到滿意的結果。他滿意了，他後邊的人才會滿意，這是重點，明白嗎？」

縣領導們哪有不明白的，這個土生土長的周宣一家人自然是沒什麼值得重視的，重點是他身後的人。雖然大家都不明白後面到底是什麼人，但從羅書記的表情和臉色來看，這個人的身分是足以把他們扯下馬來粉碎的。

回到前錦村村口後，村裏的人見到周宣竟然真把周濤接了回來，還真有些詫異。

劉村長的屋對著村裏的正路口，周宣他們的兩輛悍馬車就停在離他家二三十米的距離。

劉大貴此刻正倚在自家大門口瞧著周宣他們一行人，見到周宣扶著周濤時，心裏也怔了一怔，難道周宣大娃子捨了大錢？不狠塞張所長的話，他是絕不會這麼快放人的，再說，自己二娃子和張所長的兒子也都在派出所啊，他兩個人的鬼主意，自己哪有不知道的？還不是瞧著周家來的那兩個漂亮女娃子流饞涎了，他兩個又怎麼會讓周宣輕鬆回來了？

劉大貴儘管心裏疑惑，但還是衝著周宣嘿嘿笑道：「宣娃子，還真是發了財啊?!」

周宣斜斜掃了一眼這個滿臉肥肉的老傢伙，哼了哼，不冷不熱地道：「劉村長，晚上小心有鬼敲門啊！」

劉大貴嘿嘿又一笑，沒有說話，心裏卻盤算著再跟張所長商量商量，把周家這大娃子也找個理由關兩天才好。周宣這話明顯是說他做了虧心事，爲人不做虧心事，半夜怕什麼鬼敲門？

一回到家裏，周蒼松見到兒子回來了，頓時抓著周濤的手直哆嗦，金秀梅和周瑩則更是擁著周濤就哭起來。

傅盈輕輕嘆了嘆氣，然後又拉開周瑩，給她擦擦淚水，安慰著：「妹妹，好啦別哭了，瞧你哥哥都好好地回來了！」

魏曉晴卻是仍有些氣憤地說著：「我看不應該就這麼輕易放過他們。」

周蒼松和金秀梅又檢查了周濤的傷，好在傷雖多，卻沒有傷筋動骨，只是些皮肉傷而已。

周宣把趙俊傑和張老大叫起來，到車上去把買的菜全部提了回來，一家人又開始熱熱鬧鬧地做飯做菜。

氣氛漸漸好轉得多了，傅盈和魏曉晴也笑嘻嘻跟著周瑩在盆裏剖魚，周蒼松老兩口就殺雞宰鴨。

周宣見沒他什麼事，就把張老大和趙俊傑叫到一邊的廂房裏，瞧了瞧外邊沒人來後，才低聲道：「老大、俊傑，我跟你們說，這回我倒是真下了決心把家裏人全接走了。我爸媽原來是不願意的，但現在出了這件事，我也比較好說了。他們要還是不同意，我就說先接他們到北京玩一段時間，玩厭了就送他們回來，家裏這邊，你們先幫忙照應一下。」

又盯著趙俊傑道：「俊傑，這邊的事你要多幫忙，找人把我們家的房子和地全部賣掉，來個釜底抽薪，那時就是他們要回來也沒辦法了！」

趙俊傑瞧瞧周宣，又瞧瞧張老大，詫道：「張老大，宣娃子這樣搞，你也不說說？在外頭搞事我不反對，可也不能把自己後路徹底斷了啊，如果搞得不好，想回來都不行了，以後怎辦？」

「這個趙老二你就不用擔心了！」張老大笑呵呵地道，「你不知道，弟娃銀行裏一個零頭都比咱全村人的財產加起來還要多，這輩子夠他揮霍的了！」

趙俊傑呆了一下，然後才點點頭道：「那好，要是決定了，我就給你們處理，不過，」他想了想又道，「老大，我處理完家裏的事，來北京你能不能幫我介紹個事做？瞧著你們賺了錢，兄弟我這心還能靜得下來嗎？」

張老大在想著能給他找什麼事的時候，周宣卻是一口答應下來：「好，到時候你過來，這事我給你辦！」

周宣又對張老大道：「老大，你說像在潘家園那些地方開個古玩店，得多少資金？」

張老大沉吟起來，以前他也不是沒想過，但一來資金不足，二來背後關係不硬，搞這行的，免不了有些黑市交易，關係不硬的話是容易吃虧的。

「開個古玩店，資金的話沒有一定，規模大的幾千萬上億，中等的也要上千萬，規模最小那也得要百萬以上。周轉資金不夠的話，生意是做不開的，有時來一件上百萬的生意，一件就讓你轉不動了，那自然是競爭不過別的店的，而且資金越大，跟你交易的客人也就越信任。」

張老大說起古玩店這一行，倒是頭頭是道，畢竟在這一行中打滾了四五年，他天生又是個做生意的料，幾年下來，對古玩店的門道便熟透了，周宣一問，想也不想便侃侃而談起來！

「當然，資金充足是一樣，而另一樣卻也是同樣不可缺少的條件，那就是關係！沒有強硬的關係，這個店你開起來，也會被別的同行擠垮吞掉！」

周宣笑笑對張老大又道：「老大，這樣吧，我先投兩千萬進去，你負責找店開店招人，錢不夠你找我，你出人我出錢，這個股份一人一半，你看行不？」

對於開一間古玩店，周宣這幾天一直在想著，憑著自己的異能，在經營的大事上應該是不會吃什麼虧，而且自己還可以撿撿漏，品嘗品嘗真正古玩人生的滋味，不求賺多少錢，能養活家人、夠開支就好，這樣，萬一哪一天自己沒錢了，也還有個固定收入。

而且，這樣也可以解決弟弟妹妹和趙老二的工作問題，把他們先弄去打打下手，管管倉庫管管賬目還是可以的，畢竟自家人也好說一點，店不需要做得有多大規模。

張老大愣了一下，周宣這樣說讓他感動了一下，弟娃這話明顯是扶持他，自己再怎麼管理，那也不能占一半股份吧？

張老大確實很想開店，因為有錢了，又有洪哥這種背景，還有什麼不能做的？就算有大筆生意，弟娃銀行裏還有幾個億呢，也不用擔心錢的問題；再不濟，要是開了口，難道洪哥會不幫忙嗎？

瞧著張老大沉吟不語，周宣笑呵呵地拍拍他肩膀說道：「老大，別想了，就這麼定了，俊傑把咱家裏的事處理後，也可以過去幫忙！」

趙俊傑也呵呵笑起來，看來真是不用擔心，這哥倆混得不錯！

第四十八章
廢棄的石獅

那石獅子很舊很髒，表層沾滿了黑泥土和沙塵，黑不溜秋的，
表面看起來很不顯眼，但周宣的冰氣可不是只看表層，
在石獅子裏面，入石五分深處，
竟是金黃一片，儘是純度極高的黃金！

午飯的時候，堂屋裏擠得滿滿的，周蒼松提了一大壺米酒出來，這種酒是本地小作坊產的土酒，沒有賣的名酒中添加的香料，但味道卻是本地人喜歡的，價錢又便宜，酒的後勁也足。

盛酒的是裝飯的那種小碗，不用杯子。因爲不需要開車，所以阿昌阿德也不客氣，一碗來一碗去的，這時候酒量便顯現出來了，周蒼松的酒量不行，最終被阿昌灌醉了，張老大和趙俊傑更不用說，跟隻豬一樣滾到桌子下面去了。

只有周宣，阿昌、阿德倒是難得沒灌他。

一頓飯吃完，喝酒的男人中，除了阿昌和阿德搖搖擺擺還能走動外，其他幾個人都倒了。

鄉下房子比城裏人空間要寬敞得多，床鋪也自然多些，周瑩和金秀梅母女倆準備好房間裏的床鋪後，周宣跟阿昌阿德幾個人才把張老大、趙俊傑弄到床上去躺著。

前幾天，一直是周瑩陪著傅盈睡的，現在人多了，只能擠一擠，傅盈和魏曉晴一張床位，周瑩打地鋪跟她倆在一間房。

周宣跟弟弟周濤擠一個床，張老大媳婦劉玉芳就回自家屋裏睡，本來是要把張老大也弄回去的，但他醉得太沉，乾脆不理，玉芳便自己抱著兒子回去了。

周宣喝了一點酒，也有點頭暈暈的，弟弟周濤身上有傷，沒有喝酒。

兩兄弟回到房間裏，周濤這時候才算是靜下來，有空問問周宣了。跟著周宣一齊坐到床上，道：

「哥，幾個月前你打電話就說在南方打工，卻忽然就沒有了消息，我們打你的手機也不通，後來我問了好幾個在南邊打工的朋友，他們都說不知道你在哪兒，家裏人很著急，卻也沒有辦法。哥，你到底幹什麼去了？還有，你是怎麼認識嫂子的？你倆卻又不在一起，你怎麼把嫂子一個人丟下了？」

面對著弟弟的問題，周宣笑了笑，拍拍弟弟的肩膀，說道：

「弟，啥事你也不用管，只管聽哥的話，跟爸媽和妹妹一起到北京去，以後咱們一家人就在北京生活，過去後，哥就投資開一間古玩店，你跟妹妹去店裏幫忙，張老大做這個很有經驗。還有，你嫂子的事，呵呵，沒錯，就是你嫂子！」

「可是，」周濤疑惑地問道，「哥，你怎麼又帶了個女朋友回來？那嫂子怎辦啊？哥，這個嫂子我真的覺得很好，長得漂亮不說，心地也好！」

「家裏人喜歡她，那就好！」周宣笑笑說，「那個曉晴不是哥的女朋友，她是一個朋友的侄女，這次我回來接你們過去，她跟著來玩的。」

周濤這才長長鬆了一口氣，一直擔心的問題得到確定後終於放心了。在他心裏，確實很希望哥哥真心喜歡的是傅盈，因為傅盈同樣是把他們當成親人一樣，這種感覺，周濤是覺察

到的。魏曉晴雖然也很漂亮，但到底跟他們沒有傅盈那種真心。

周宣把弟弟按倒，笑笑說：「早些睡吧，明天帶大家到山上走一走，讓俊傑幫忙到村裏鎮上跑一趟，把戶口遷移證明辦好。」

周濤確實很累了，躺著沒一會兒便睡著，周宣輕輕叫了一聲：「弟。」見周濤沒有反應後，就把手伸過去搭在他身上，運起冰氣，在周濤身子裏一陣游動，啓動自療，待他身上的傷好得差不多的時候才收了手。

晚上睡得跟死豬一樣、人事不知的張老大和趙俊傑倆人早上倒是醒得早，一大早起了床，在院子裏折騰。

主要是太興奮了，特別是張老大，馬上就要做老闆了，又有兩輛車，悍馬留著自己開，那輛索納塔就給劉玉芳用，四百萬的存款則去買一間兩百萬左右的房子，再置辦點傢俱，這日子，是越過越愜意了！

吃過早餐後，周宣便跟趙俊傑說了辦戶口遷移證明的事，讓他幫忙跑一趟鎮上。這件事應該沒問題了，畢竟昨天這麼一鬧，想來鎮裏沒人再敢爲難、做手腳什麼的。然後又叫弟弟周濤一起到外面的橘子樹上摘了幾個大橘子，準備帶著到山上吃。

鄰家地裏也有人在採摘橘子，周宣認得是劉家二叔，問了個好。

劉二叔將裝橘子的筐拖到邊上，然後探著頭，低聲對周宣說道：

「宣娃子，你知道嗎，昨天下午你們回來後不久，就有警車過來逮走了村長劉大貴，他老婆跟媳婦昨晚出去找人，到今天都沒回來，聽說他家二娃子也被逮了！」

周宣「哦」了一聲，淡淡道：「是嗎，我倒是不知道。」

劉二叔跟村長劉大貴也算是堂兄弟，周宣自然是不會跟他說什麼的。

周濤在橘子樹邊跳來蹦去，很是奇怪地道：「哥，也不知怎麼回事，昨晚睡著後，身上的傷一點也不痛了。今天連傷痕都不見了，真是奇怪。」

「那有什麼好奇怪的。」周宣笑笑說，「你本來就沒受什麼太重的傷，年輕人體力好，一點皮肉傷恢復得快很正常。」

兄弟倆人抬了籮筐回家，然後用背包裝了四五個，又招呼了其他人準備出發。

上山有公路，到了村裏再開了悍馬車，兩輛車跟著一些旅遊巴士往山上去。

武當山，又名太和山、謝羅山、參上山、仙室山，古有「太嶽玄嶽大嶽」之稱，是著名的道教聖地。武當山方圓八百里，背依神農架莽莽原始森林，有「亙古無雙勝境，天下第一仙山」的美名。

武當山有七十二峰、三十六岩、二十四澗、十一洞、三潭、九泉、十池、九井、十石、

九台等勝景。以天柱峰爲中心，有上、下十八盤等險道及「七十二峰朝大頂」和「金殿疊影」等，其中天柱峰爲最，高一千六百一十二米。

武當山之所以出名，當然是因爲道教的原因，傳說中的武當道教宗師張三豐成名之後，遊歷天下，經過武當山時便喜歡上了這裏，然後開宗立派，名揚天下。

張三豐所創的武當武術，又稱「內家拳」，源遠流長，玄妙飄靈，是中國武術的一大流派，素有「北崇少林，南尊武當」之說。

阿昌、阿德和傅盈都是武術造詣極深的好手，來到武當聖地，心裏充滿著崇敬的心情。

車到山腳路口就有道大門，需要買票後才能進去。再開了十分多鐘，到山腰的廣場處停了車，再往前就沒有公路了，需得沿著石階往山上走。

周宣和周濤經常來，家隔得近，小時候上山還不用錢買票。後來開發成旅遊景點，政府在武當山大力發展旅遊業，幾年後又承包出去，現在的武當山旅遊區已經是一個私營企業，與傳說中的道教和武術泰山北斗已經沒有任何聯繫了。

這便跟名聞天下的少林寺一樣。現在去少林寺，已完全見不到電影中那些武藝高強的和尚身影，有的只是各種高價的紀念品，比如寶劍掛件、玉雕配飾、遮陽帽子什麼的，雖然價錢不低，卻很暢銷。

在山上賣這些旅遊品的，可不像外地擺小攤的那些人，也得要有關係，因爲銷量大，利潤極高，不是關係戶也拿不到攤位。

傅盈跟周瑩在前邊使勁往上爬，過石牌坊，經南宮岩、玉虛宮、紫宵宮、丹牆翠瓦，五里一庵十里一宮，周瑩累得氣喘吁吁的，直叫著：

「嫂子，嫂子，你慢點。」

她不明白，傅盈看起來嬌柔滴滴的模樣兒，怎麼有這麼好的體力？

後邊，周宣和阿昌、阿德稍爲好些，這倆人體格強健，走點山路自然不算難，周宣冰氣護體，體力消耗極弱。

只有張老大和周濤感到有些累，周濤還好些，到底是鄉下人，經常做粗活，體力不算差，只是一口氣不停歇這樣直走的話有些累，歇一歇就好得多。

魏曉晴也很累，但瞧著傅盈遙遙在前，心裏不服氣，咬著牙也跟了去。

只有張老大體態較胖，本來就缺少運動，這一爬坡，累得呼呼直喘氣，連背心都給汗水濕透了，直叫道：「哎呀呀，我不去了，爬不動了，我就在這兒等你們！」

周宣笑呵呵地從背包裏取一個橘子扔給他，道：「呵呵，老大，真沒用，吃你的橘子吧。」

武當山的建築群確實龐大，延綿十數里，從這個山頭到那個山頭，到主峰天柱峰處時，足足花了三個小時，而且是沒有停歇地直走，周瑩簡直累癱了。

天柱峰頂約有數千平方，峰頂的金殿極有氣勢，遙觀四方，直有「會當凌絕頂，一覽眾山小」的磅礴感覺！

陽光照射下，大殿金光閃閃的，不過周宣卻感覺不到黃金的成分，這些都是用銅鉑金粉裝飾而成，並不是真的金殿。

傅盈卻很失望，到這時，她才問道：「周宣，我怎麼連一個道士都沒見到啊？這不是道教聖地，武林的泰山北斗嗎？我想見識見識武當武術呢！」

周宣怔了怔，沒答話，弟弟周濤卻是笑笑說：「嫂子，現在已經沒有什麼道士了，整個武當山也就還剩幾個老道士，而且也不像嫂子說的什麼武術高手，只是幾個老頭子而已，山下武當山鎮倒是有幾個假道士開了武館收徒賺錢，除了外地人，我們都知道是假的。」

「哦！」傅盈不禁大失所望，瞧瞧四周，遊人頗多，照相留影的很多，金殿左側有兩個攤位，一個賣小吃，一個賣旅遊品。

買的人也很多，男的多在買石雕木雕刻件，女人和小孩子就買些小吃和紀念品，不少小孩子拿著塑膠寶劍在廣場中殺來砍去，嬉鬧不停。

周宣和弟弟將橘子剝開，分給眾人吃，在山下賣橘子的很多，但在天柱峰頂就沒有了。

一些小孩見周宣放了一堆橘子在地上剝著，很羨慕地站在旁邊看，周宣笑著，一人給了一大片，這個動作立即引得一大群的孩子圍過來，周宣沒幾下便分了個乾淨。

傅盈站著看了一陣，再沒有半分興趣，意興索然地往回走。阿昌和阿德本有心瞧瞧武當武術，自然也如傅盈一般乘興而來，敗興而去。

下山的時候，周宣瞧見魏曉晴咬著牙，腳步飄浮，腿有些顫抖，便對妹妹周瑩說道：「小妹，你扶一下曉晴姐姐！」

周瑩應了一聲，過去挽著魏曉晴往山下走。

魏曉晴本來也沒注意，但見周宣這般公開關心她，心裏一動，瞄了瞄傅盈，當即揚了揚臉，有幾分得意地讓周瑩扶著。

傅盈淡淡一笑，溫柔地靠近周宣，伸手挽住了他的胳膊。魏曉晴一呆，本來無意，卻處處落了下風，面子上硬是過不去，狠狠將俏臉蛋扭到一邊去，不看他們！

在山腰間的停車場停好車後，張老大開著車門躺在裏邊呼呼大睡。一行人下山又花了一個多小時，下山比上山快了一半多的時間。

魏曉晴和周瑩兩個女孩子上了另一輛車，坐在後排靠著就無法動彈了，這時候只覺得全身都虛脫了。

阿昌和阿德開了魏曉晴和周瑩坐著的車，張老大被搖醒了，起來開另一輛車，周濤坐在他旁邊。

周宣和傅盈坐在後邊。傅盈的體力和耐力比魏曉晴強得多，上山下山也沒有覺得特別

累。

張老大沒有上山，又睡了這一大覺，精神好得很，嘻嘻哈哈開著車，又跟周濤聊著武當山的情況。

周宣見傅盈玩得並不盡興，心裏一動，問著周濤：「弟弟，我小時候經常去見的那個後山茅屋裏的老道士還在嗎？」

周濤搖搖頭道：「你走的第二年就走了，也不知道去了哪裡，這麼多年都沒再見到過，茅屋也早給村裏拆了，在沿山和來武當山的路口處，二叔的小兒子在那兒開了一間小店，賣菸酒飲料和小飾品，一年可以賺五六萬呢。」

周宣知道弟弟說的二叔，並不是自己周家那堂叔，而是劉村長劉大貴的弟弟劉二叔，在那兒開店，當然得村裏批准，劉二叔能開，就沒得說了。

周宣現在想起來，心裏有些惆悵，說不定當年教自己呼吸打坐內家功法的老道士，就是一個真正的高手，如果現在他還在這兒的話，傅盈一定會很高興。

說實在的，周宣的確從老道士教他的內氣修煉中，獲得了很大的好處。要不是內氣融合了石頭裏的異能冰氣，那他也不可能吸收到後來更多更強的冰氣，吸收不到水洞中那巨石的龐大能量，他也不可能逃出來，更不可能救得了傅盈，自然也就沒有了今天。

冰氣雖然重要，但這一切都離不開老道士教他的呼吸法，可惜，今日他衣錦還鄉，老道士卻不見了，便是想請他吃頓飯、喝幾碗米酒也沒辦法了。

張老大開著車在前邊，阿昌的車在後面，在山路上轉來轉去，快到進入前錦村的路口時，看著路口邊的小店，周宣忽然叫道：「老大，停停，停一下車！」

張老大趕緊踩了剎車，悍馬「嘎」一聲停了下來，後面的阿昌也趕緊停了車。

周宣打開車門跳下車，小店裏是劉二叔的小兒子劉洋在守著店，看到是周宣，劉洋趕緊收起了嬉皮笑臉的表情。

本來他是瞧不起周家人的，但昨天大伯劉大貴和二哥劉德給抓走後，大嬸和大嫂從昨天跑到今天也沒拉到關係，聽說，這次是縣裏的縣委書記發了話的，誰來給這事說情就一塊兒整，所以他大嬸找以前的關係，卻沒有誰願意幫這個忙，有的甚至連面都不見她。

劉洋便知道，現在的周宣已經不是以前的周宣了，周家也不是任由人能欺負的了。

周宣一走到店門櫃檯邊，劉洋就趕緊熱情叫了聲：「大哥，去武當山玩啊？」

周宣點了點頭，劉洋趕緊從裏面的冰櫃裏拿了飲料出來，堆著笑臉說：「大哥、濤娃子，都過來喝飲料。」

周宣回頭招呼著其他人都過來拿飲料喝，隨即又從口袋裏摸出一張百元鈔票丟在櫃檯上。

劉洋趕緊又推了回來，笑著說：「大哥，都是好鄉親的，幾罐飲料不值什麼錢，請你們喝，請你們喝的！」

周宣淡淡道：「很久不見了。」

阿昌幾個人都下車來喝飲料，傅盈見周宣望著前邊的山坡發愣，便走過來輕輕問道：「怎麼了？」

「沒什麼，就是想起了以前的一點事！」周宣嘆了一聲回答著。

就在這時，忽然間，左手裏的丹丸冰氣彈動了一下！像這樣不經過周宣的運勁動用，冰氣自個兒有反應的事，還是第一次發生！

周宣感覺到有古怪，當即把冰氣運起，向四下裏探去。頓時，四周十米以內的範圍都在周宣腦子裏清楚展現。

小店裏的劉洋，貨物，冰櫃，房子，櫃檯前的阿昌、阿德、張老大、魏曉晴、周濤、周瑩，自己身邊的傅盈，雖然沒有用眼睛看，但他們的表情舉動全都在自己的腦子中，像鏡子一樣反映出來。

周宣略一凝神，冰氣立即停留在小店左側一頂太陽傘杆靠著的一個石獅子身上！

那石獅子很舊很髒，表層沾滿了黑泥土和沙塵，黑不溜秋的，表面看起來很不顯眼，但周宣的冰氣可不是只看表層，在石獅子裏面，入石五分深處，竟是金黃一片，儘是純金！

周宣之所以肯定，那是因爲自己左手的丹丸冰氣對黃金特別敏感，是以冰氣一接觸石獅子，便知道這是純度極高的黃金。

這個石獅子其實周宣也不陌生。以前小時候，教自己呼吸法的那個老道士每天都要抱著這個石獅子在山上轉兩圈，自己當初就是羨慕老道神力驚人，才想跟他習武，但老道士沒有教給他什麼武林絕技，就只傳了這個呼吸法。

這個石獅子是老道士在武當山的宮中抱出來的，那時候，武當山道觀沒落，香火大減，也沒有人專門管理，老道士抱了個石獅子走也沒有人理他。

現在老道士走了，這石獅子卻還在。想來老道士也不知道石獅子中的秘密，否則也不會亂扔在這兒。

石獅子起碼重兩三百斤，從重量上便可以想得到老道士的力氣有多大。

石獅子是由腹部鑽了一個孔，然後把黃金注入，腹部最後是用特殊膠泥和石灰黏補好的，從外面一點也看不出破綻，而且這個填補處又是在腹部，石獅子那麼重，一般人根本就撼不動搬不翻，又哪裡會有人到腹部仔細查看？

周宣再仔細測了一下黃金的分量，至少有石獅子的三分之一，這石獅怕不有三百斤以上吧，黃金至少有一百斤以上！

這個不是古董，黃金時價大約是一百多塊錢一克，這一百多斤黃金大約可以值兩百萬左

右。

傅盈這時候又柔聲道：「周宣，你怎麼了?是不是累了?」說著，把手伸到周宣額頭上試了一下溫度，怕他剛剛爬山累了，出了一身汗後又著涼。

周宣抓著她柔軟的小手，呵呵一笑，道：「我沒事，在想點事。」然後拉著她走到櫃檯前對劉洋道：「劉洋，以前那個老道去哪兒了?」

劉洋搖搖頭：「早走了五六年了，一直都沒有再來過，茅屋也拆了，你瞧，山上就剩那個老道練力氣的石獅子，我家開了這個店後，撐的太陽傘老是給風刮翻，做了個水泥墩也不夠力，後來我爹就請了幾個人把這石獅子從山上抬了下來，四個大男人才抬起來，老道士的力氣真大！」

周宣想了想，笑笑道：「劉洋啊，我在外面打工買了房子，大門口缺個東西，我瞧著這石獅子挺好，要不，你賣給我?」

劉洋一怔，隨即笑道：「大哥，就這麼個破石頭你還要買?你要搬去就是。呵呵，就怕太沉了搬不動！」

周宣笑笑搖頭，從衣袋裏掏了一疊鈔票出來，數了八張，然後放到櫃檯子上，說道：「劉洋，拿著吧，外面的人家都有個規矩，鎮門的東西得拿錢買，這講一個兆頭，不要錢，就不會要了！」

劉洋雖然是想討好周宣，但若是一下子掏幾百塊錢出來，那也還是肉痛，沒想到，這個石獅子破破舊舊的，他居然肯掏八百塊錢。

心裏雖然想著大伯的事情，自己剛剛也說了給他就是，但既然他這樣說了，外面發財的人都講兆頭，不要錢反而不好，眼瞧著紅紅的鈔票，確實也是眼熱。

周宣如何不知道他的想法，笑呵呵地拍拍他肩膀，道：「拿著吧，就當大哥給你買菸抽的！」

劉洋也就半推半就的把錢收了。

周宣向阿昌、阿德招招手：「阿昌、阿德，呵呵，你們過來幫幫忙。」

劉洋也趕緊從側門跑出來，把太陽傘取了收起來。

阿昌過來，蹲了身子雙手扳著石獅子用力一抱，石獅子只晃動了一下，沒抱動，嘿嘿笑了笑說：「小周，這石獅子起碼有四百斤以上，我可是只抱得動三百斤啊！」

周濤和周瑩有些心痛八百塊錢，心道：哥哥不知道幹什麼，用八百塊買個破石獅，這東西又不能吃又不能用，而且還這麼沉！但想歸想，周濤還是過去幫忙。

阿德和張老大、劉洋也過來幫忙，再加上周宣自己，六個男人一起來搬這個石獅子。阿昌「嘿」的一聲，一叫力，六個人一起使勁，這才將石獅子抬了起來！

幸好周宣他們開的是強勁威猛厚重的悍馬車。六個人把石頭往後車箱裏放下後，車輪胎

明顯往下沉了一下！

大家都對周宣買這個石獅子的舉動感到奇怪，尤其是阿昌和阿德，他們知道周宣買了宏城花園幾千萬的豪宅，如果要鎮門石獅的話，在北京就有大把的石雕廠，要什麼樣的沒有？用得著這麼遠、費這麼大勁地運個破石獅回去？而且這麼破舊的石獅放到那麼好的別墅門前反而難看，石獅又只有一個，鎮門用也要一對吧？

不過想歸想，猜測歸猜測，但做主的還是周宣，誰都不會說他，別說他們幾個，就是魏海洪也不會說什麼。只要周宣喜歡的，恐怕魏海洪都會幫他弄過來。

再次與劉洋打過招呼後，周宣才叫眾人上車回村。

車依舊停在村口，周宣瞄了瞄劉村長家，大門緊緊關著，估計是全家動員出去找救援去了。讓他去著急吧，壞事做多了，遲早是要還的！

把車鎖好後，八個人回到家中，趙俊傑已經回來了，手續出乎意料地全辦好了。據趙俊傑說，鎮裏壓根兒就沒敢拖延，直接找了專人處理，以前所未有的速度辦理好，當然，鎮上的書記和鎮長都隱隱向趙俊傑暗示了些話，希望周宣一家能夠留下來，鎮裏會給一些特殊待遇。

周宣聽了趙俊傑的話，嘿嘿一笑，自然明白，鎮裏縣裏要留他，那還不是想利用他牽線搭上他背後的洪哥，又不是瞧得起他！

周宣心下已定，讓阿昌、阿德、魏曉晴、張老大、趙俊傑在堂屋中歇息著，自己再拉了傅盈，叫了父母和弟妹進裏屋。

傅盈雖然略有些羞澀，但卻沒有反對，任由周宣拉著她的手，柔順地跟著他進裏屋。

周蒼松和金秀梅夫妻坐在床邊上，周濤搬了椅子來讓周宣和傅盈坐下，周瑩則站在母親身邊依偎著。

周宣咳了咳，然後道：「爸媽、弟妹，我把你們全叫到一起，是打算開個家庭會議。」說著，瞧了瞧父母弟妹，見他們都沒什麼話要說，繼續道：

「經過弟弟這件事以後，爸媽，我也不隱瞞地說，我更想要把你們接走。你們累了一輩子，也夠了，應該享享福了。遷移證明我已經托俊傑辦好了，明天，爸媽你們就跟我走吧。」

兒子回來，找到了漂亮的媳婦，看樣子也確實發了財，兒女們不管有錢沒錢，都是有孝心的。周蒼松夫妻也明白，或許去大城市過得更好吧，但離開生活了大半輩子的老家，總是感到有些恐慌！只是昨天出了這檔子事，也的確讓周蒼松感到無力，今天兒子再說起搬走的事，他也沒有昨天那麼反對了，猶豫著。

「這樣吧，」周宣見爸媽仍有些猶豫，話頭一轉道：「爸媽，如果你們還在考慮的話，那我先接你們過去玩幾天，你們覺得可以，那時再做決定；如果實在不能在那邊住下來，那

我也無話可說，再送你們回來，這樣行不行？」

周蒼松對周宣的這種說法，心裏便有了些鬆動，又瞧瞧金秀梅，老婆子也在望著他，心裏想的是一樣。

傅盈見到這個樣子，趕緊趁熱打鐵，說道：「我覺得二位老人家去看一看也好，如果不滿意，過不習慣，那再回來嘛！」

周蒼松沉吟了一陣，又問周濤、周瑩兩個：「老二、妹娃子，你們怎麼想的？」

第四十九章

少年得志

周蒼松跟妻子都愣了，金秀梅拿著銀行卡的手都有些發顫。

兒子賺了好幾千萬，隨手給他們的便是四百萬零花錢！

莫不是自己父親當年那個墳地選得好？

兒子這個財也發得太猛太大了！

周濤和周瑩到底是年輕人，想到外面瞧瞧的心態比老年人強得多，而且又剛剛出了這種事，大哥的能力又讓他們放心，哪有不願意的？

瞧著兄妹兩個心動躍躍欲試的樣子，周蒼松嘆了口氣，道：「唉，好吧，就去瞧瞧吧。」周蒼松又盯著周宣道：「兒子，不過我話說在前頭，如果過去了沒事做，你們的負擔又大，我跟你媽就要回來，繼續弄我們的橘子樹。」

「這個沒問題！」周宣一口答應下來，呵呵笑著說：「爸媽，你們過去住一段時間後，覺得要是給我添了負擔的話，那就回來吧。」

周宣話說得乾脆，一來是想到過去後，他有足夠的能力和金錢讓一家人過得很好，而且有心投資張老大合夥開古玩店，他們沒事也可以過去瞧瞧，聊聊，反正在那裏守著的是張老大和自己弟妹，讓他們覺著有事纏著，放不下那是最好，只要跟爸媽一說，那是自家投資的，他們也會上心，跟橘子園一樣的心思，都是自家的財產，哪裡扔得下？再就是讓趙老二在這裏把爸媽的後路斷了，把房子、地、果園全都賣掉，這樣他們想回來也沒有了著落！

周宣嘴上答應著，想到這些，忍不住笑出聲來。

周蒼松道：「兒子，你笑啥？」

「沒什麼。」周宣忍住了笑，回答著。

「還有件事，」周蒼松又皺著眉頭問道，「聽老二說，你們從山上回來時，在路口跟劉二家那小子手裏花八百塊買了個破石獅子？」

「是有這麼一回事，石獅子還放在村口車裏。」周宣點頭，回答著老爸的話。

「不是我說你，兒子，有錢也不是這樣個花法。」周蒼松得到確認後，又忍不住說起兒子來。他一輩子老老實實過著日子，兒子以前倒也不是花天酒地的人，但這個八百塊確實花得不是地方。

「爸，」周宣瞧了瞧父母和弟妹，笑著把頭靠前了些，然後低聲道：「爸，你還記得以前後山那個茅屋裏住著的老道士吧？」

金秀梅這時插了話：「怎麼不記得？老道士力氣大，天天搬了那石獅子練勁，不過沒吃的，就是在咱村吃百家飯，咱家可是當長年一樣讓他吃了不少，你小的時候，不是喜歡跟他一起練練功什麼的嗎？」

周宣還沒說話，老爸周蒼松也嘆了口氣說：「那個老道士，唉，我之前到縣城去辦事時，見城裏貼了好多張認屍啓示，有一張裏就是老道士，後來打聽到，老道士是在車站裏自然老死的，又沒親沒故的，也沒人去領屍，就由政府火化後，弄到城外亂墳崗挖坑埋了。這事，村裏沒有人知道，我回來也沒提起過。」

「哦！」周宣聽到老道死了的消息，心裏忽然有了一絲落寞，本以爲他還在江湖四海遊歷，卻不想從父親這兒聽到了他的死訊！嘆了嘆，然後說道：「爸，我走之前，老道曾經偷

偷跟我說過，那石獅子肚子裏面是空的，裏面有黃金，我那時以爲他是開玩笑的，也就沒注意，今天從山上下來後，在劉洋那小店旁邊見到了那個石獅子，我偷偷瞧了瞧肚子下面，有一絲縫合的痕跡，不仔細瞧不出來的。石獅又破舊，又沉重，也沒有人要，這倒是成全了我，八百塊就當是給劉洋的看護費吧！」

周宣這個話，頓時讓父母和弟妹以及傅盈都怔了怔！

黃金這東西對周蒼松夫妻和周濤、周瑩兄妹來說，是很陌生的東西，只有在縣城裏的金店裏見過，又見劉村長家兒媳婦脖子戴了一條金鏈子，聽說要好幾千塊，就那麼一條比魚線也粗不了多少的鏈子就要幾千塊，打死也不會去買。

雖然陌生，卻也知道黃金是極貴重的東西！

傅盈倒是明白，聽周宣這樣一說，才知道他並不是要拿它做什麼鎮門石獅，只是拿來做個藉口而已，這倒是讓她瞭解了周宣爲什麼一定要買那個破石獅了。

周蒼松怔了怔後，隨即神情緊張了些，問道：「是真的嗎？那，兒子，石獅在車裏，安不安全啊？要不我跟老二輪著去守守夜！」

周宣笑笑搖頭道：「爸，不用了，別擔心，沒有任何人知道，除了我們一家人。你想，那個石獅又破舊又沉重，幾個大男人都弄不動它，誰會去偷啊？再說，這麼多年了，石獅一直扔在劉洋那店外頭，要有人偷，早去偷了。」

「那——」周蒼松還是有些擔心，雖然沒經證實，但畢竟兒子說了裏面有黃金，不管到底有沒有，這時都已經沒有之前那麼放得下心了。

把話都挑明了倒是好，周宣一家人吃過晚飯後，就開始收拾起行李來。

傅盈也就趁這個時候問起周宣來：「周宣，你倒是跟我說說，你回國後，在北京到底是怎麼回事？」

周宣握著傅盈溫暖柔軟的手，笑呵呵地說：

「盈盈，你放心，我跟曉晴沒半點關係。她叔叔是我在沖口機緣巧合下，在一次古玩交易中認識的，也因爲那次機會，我發了一筆大財，撿了一個六方金剛石的漏。曉晴的小叔後來幫我在香港賣掉了，賺了三千萬美金。在紐約我跟你分手後，在機場碰巧又遇到了曉晴的小叔，接下來，我就跟他到了北京，又在北京買了別墅，就這樣！」

周宣說著，又道：「盈盈，我那天在紐約機場門口見到你了。」

傅盈一怔，隨即眼圈一下子就紅了，手一甩，甩開了周宣握住她的手，道：

「你見到我也不叫我？你知道當時我的心有多痛嗎？」

天才剛剛發白，周蒼松便叫起了兩個兒子到村口，看看車上的石獅還在不在。

周宣去的時候，跟阿昌要了車鑰匙，打開後車箱後，石獅子好端端躺在後車箱裏，周蒼

松才長長鬆了一口氣。周宣見他眼圈黑黑的，顯然一晚上都沒睡好覺，有些後悔昨晚不該先跟他說這事，搞得他一晚擔心睡不好覺！

鎖好車再回家後，周瑩已經幫著母親做好了早飯，簡單吃過後，阿昌、阿德和周宣、周濤，趙俊傑、張老大一起幫忙把行李提到村口，然後往車上塞。

周蒼松和金秀梅夫妻倆人站在大門口，有些挪不開步。忽然間就這麼說走就走，又哪裡捨得下，放得下心？家裏地裏的，都是牽掛，但兒子周宣卻是堅決要他們走，若不是小兒子跟劉德、張勇這些痞子發生那些事，他們也下不了決心離開的。

唉！周蒼松嘆了口氣，拖著眼圈濕潤的老婆就走。周瑩和傅盈也勸著。

到村口後，趙俊傑請的朋友開了一輛雙排座長安車正等著，在家裏便商量好了，張老大跟阿昌、阿德和周濤四個人開那兩輛悍馬車北行。周宣自己則跟傅盈、魏曉晴、周瑩、劉玉芳等四個女孩子和父母一起到市區坐飛機到武漢，再轉機到北京。

上車時，周蒼松又叮囑了一下周濤。雖然沒有明說，但意思很明顯，是要他看緊了那個石獅子，周濤自然懂得，點頭答應著。

周宣沒有跟張老大和阿昌、阿德說這件事，倒不是不相信他們，只是覺得現在先不說好些，要是說了，張老大那個人一激動起來，恐怕開車會出事，乾脆到了北京以後再說比較好。

臨行前，周宣再向趙俊傑囑咐了幾句，讓他把事情都處理好後給他電話，趙俊傑一臉的興奮，只是遺憾不能跟他們一起走。

兩輛悍馬，一輛長安，三輛車慢慢駛上公路。周宣從車窗上瞧出去，村長劉大貴家門上依舊掛著大鐵鎖，想必以後他家的日子開始要難過了！

過了小鎮，到了縣裏後，周宣讓長安車司機回去了，再叫了兩輛計程車，這時就要與阿昌、阿德他們分手了，他們四個人開車要沿來路回去，自己卻是要到機場，各走一方了。

到機場又有一個小時的路程，長時間坐車有點累，但周瑩很新鮮，一路上嘰嘰咕咕直說著話，也不覺得悶。

到機場後，傅盈和魏曉晴對搭機手續流程倒是熟得很，也沒多花工夫。只是到武漢的飛機不是大飛機，而是小客機，到武漢後得再轉乘航班，在漢口機場多等了兩個小時。

將近一點鐘才上機，周宣全部買的頭等艙，要比頭先的小飛機舒適多了。上飛機前，還特地給魏海洪打了個電話。離開北京五天了，問了一下老爺子的病情，魏海洪說老爺子沒事，一頓比一頓的飯量大。

飛機起飛後，周瑩就坐在周宣右側的位置，這是周宣特地讓她坐了靠窗的座位，瞧瞧空中的風景。

周瑩一開始很興奮，第一次出遠門，又是第一次坐飛機，當然，興奮過後就是疲勞，飛機在雲裏穿梭，看得久了自然也就覺得枯燥了，偏過頭靠著周宣的肩膀睡著了。

周宣瞧著她，愛憐地摸了摸頭，側過身來，傅盈正笑吟吟地望著他。周宣笑了笑，伸手過去跟傅盈的手握在一起。

魏曉晴在走道另一側，把頭轉了開去，嘴裏嘀咕著：「肉麻。」

周宣跟傅盈倆人相視一笑，傅盈將頭湊過來，挨近了低聲說：「其實曉晴很可愛，心地好又不做作。」

周宣笑笑道：「她是很可愛，不過我只喜歡你一個人！」

漢口到北京的飛機航程時間是兩個小時，到北京國際機場時是下午三點半，出了驗票口，周宣一眼便瞧見大廳裏等候的魏海洪，在他身後還有四五個沒見過的男子。

魏海洪幾個箭步走過來，與周宣擁抱了一下，然後向周宣的父母恭敬地叫了一聲：「伯父伯母好！」

周宣趕緊介紹說：「爸媽，這位就是我說過在北京的朋友，洪哥。弟弟那件事就是洪哥幫忙的！」

周蒼松雖然是鄉下人，但大致禮數還是不失，跟魏海洪握了握手，說道：「謝謝，你是我周家的恩人！」

周蒼松說的是土話，但魏海洪聽得明白，搖搖頭說：「伯父您可別跟我客氣，要說恩，我欠周宣兄弟的那可是還不清的。呵呵，都別客氣了，趕緊回去休息一陣，晚上我已經訂了位吃飯！」

周宣搖頭笑了笑，洪哥什麼都想到了，似乎根本不用他動一下腦子。到機場外時，紅軍跑到前面，打開路邊的那輛加長悍馬的車門，請他們上車。周宣怔了一下，這輛加長的悍馬車至少有十一二米，長長的像一排房子！

以前沒見過洪哥這輛車，不過洪哥的家底，他不知道的還遠多著，這輛車也不奇怪。那輛價值半億的布加迪威龍跑車不也是隨手就送給了自己麼？

魏海洪帶來的幾個人將周宣等人的行李放到後幾輛大奔的車箱中，周宣一行七個人加上魏海洪都上了悍馬車。

魏曉晴委屈地叫了一聲：「小叔。」

魏海洪笑笑在她頭上輕輕敲了一下，說：「丫頭，有點禮貌。」

魏曉晴哼了哼，彎了腰在車裡的小冰箱裏拿了飲料出來，遞給了周宣父母、周瑩和劉玉芳，然後自己拿了一瓶，自顧自打開喝了一口，也不理會周宣和傅盈。

魏海洪對這個侄女自然是沒辦法，苦笑著搖了搖頭。

魏曉晴哼哼著說：「小叔，你不知道，他這回得罪我的事情可多呢。」

周宣淡淡一笑，又對魏海洪道：「洪哥，給你介紹一下，我的女朋友，傅盈！」

「洪哥好！」傅盈很禮貌地問了聲好。

魏海洪也微笑點頭道：「你好。」

從在機場一見面時，魏海洪就注意到了傅盈，這個女孩子無論是相貌和氣質，都是極上之選，絲毫不弱於自己兩個侄女曉晴和曉雨。對周宣能有這麼好的一個女朋友，魏海洪倒真是有些意外，在沖口認識他時，怎麼沒聽說過他有女朋友？

加長悍馬車在公路上開得不快，從車窗上望出去，一路引來無數路人羨慕的眼光。

幾輛車開到宏城廣場後，再折向社區裏。周宣無意中倒是一眼瞥見了在售樓部門站著的四五個女孩子，其中就有上次見到的那個女經理和售樓小姐肖盈，幾個女孩子又是笑又是羨慕地指指點點自己乘坐的悍馬車。

不用想也猜得到，城市裏的女孩子都放得開，說的話題也都是白馬王子、釣金龜婿這些事，對大多數女孩子來說，這是公開的話題。長得漂亮就是本錢，有本錢就要找一個有錢人嫁出去，女人能力再好都不如有一個好老公。

在南面的八號別墅門口停了車後，紅軍趕緊下車來打開門，周宣扶著母親走下車，然後笑笑說：「爸、媽、妹妹，這房子就是咱們以後的家了！」

周蒼松夫妻和周瑩都有些發愣，這跟他們心中的想像還要好過太多，可以說是壓根兒也想不到！

周宣領著他們進了別墅，到客廳後，大家不由得怔住了！客廳裏傢俱齊全，牆上掛著至少六十寸以上的液晶電視，沙發、茶几，無一不是高檔家具。

周宣瞧瞧魏海洪。魏海洪笑笑一攤手道：「你還不帶伯父伯母妹妹上樓上房間裏？」到了樓上的房間裏，周宣抓抓頭皮，洪哥這也準備得太周到了。房間裏所需要的傢俱和日用品，一應俱全，大到衣櫥、床，小到拖鞋，幾乎連洗手間裏用的紙巾都有。

周宣再轉了轉其他房間，也是一樣。每間房間都準備得好好的，住進去任何東西都不需要再添了。

二樓和三樓一共有十四間臥室，每個房間都是酒店式配置，臥室房間的面積就有五十多個平方，看起來超大，而房間裏的洗手間就有十多個平方，洗面台，白色的大圓形浴缸，像藝術品一樣的馬桶，讓人幾乎懷疑這是精美的陶瓷藝術品而不是拉屎的玩意兒！

反正房間多，一人一間也住不完，周宣就由得父母和妹妹自己挑。為了方便少走樓梯，就讓他們住在二樓，周宣自己則住三樓，傅盈笑吟吟地到三樓挑了周宣隔壁的房間。

周宣瞧著傅盈楚楚動人的樣子，忽然心裏一熱，面紅耳赤起來！

傅盈瞧見他的樣子怔了怔，問道：「又沒喝酒，幹嘛臉這麼紅？」

只是瞧著周宣的眼神有些閃爍，忽然間明白了，一時間臉也是紅霞一片，嗔道：「壞人。」轉身飄然進房。接著一聲門響，房門緊緊關了起來！

周宣苦笑了一陣，摸摸下巴，心道，我是壞人嗎？

魏曉晴跟著魏海洪回去了，走的時候自然是氣呼呼的。魏海洪又囑咐著周宣，讓父母好好休息一下，晚上六點，他過來接人。

周宣點點頭，忽然又想起了一件事，問道：「洪哥，你知道黃金交易的地方吧？」

魏洪海笑笑道：

「知道啊，我認識不少珠寶商，香港和國外的商人也有，怎麼，兄弟，你要買黃金嗎？」

「不是要買！」周宣搖搖頭道，「是要賣。我這次在鄉下做了筆生意，呵呵，也算是撿了個大便宜吧，花了小錢，買了大約有百來斤黃金吧。我對黃金交易和市場都不熟，這個還得洪哥幫忙，做個中間人介紹一下！」

「沒問題，我來找人。是要今天還是什麼時候？」魏海洪一口答應，對周宣的運氣，他已經不再多想，在這個兄弟身上，運氣已經不值錢了。

周宣笑著搖搖頭說：「不用這麼急，東西放在車上，等阿昌他們幾個開車回來，大概得明天正午到吧，回來了再說吧，還得找解石的工具呢。」

魏海洪笑笑揮手：「那就別說了，趕緊讓家裏人休息一下，養好精神，晚上出去吃飯！」

別了洪哥後，周宣進了屋，見父母都在客廳裏坐著，笑問：

「爸、媽，你們怎麼下來了？到房間裏睡一下，休息一會兒，晚上洪哥要請吃飯。」

周蒼松瞧了瞧客廳四周，嘆了嘆，然後問道：「兒子，這房子我瞧也太好了些，得多少錢？到底是你買的還是你那個洪哥的房子？」

周宣知道父母不喜歡欠人家的情，欠情難還，便用肯定的語氣道：

「爸，你們放心，這房子是我自己買的，我也不瞞你們了，都是自家人，我在外面賺了好幾千萬，這房子是我買的，沒借一分錢。洪哥對我很好，但我不想要他的房子。不過，旁邊車庫裏那輛車是他送的。」

周宣說著，又從皮夾裏取了兩張銀行卡遞給母親說：

「媽，這兩張卡你跟爸拿著，裏面各有兩百萬，要用什麼就取錢買。別心痛錢，現在兒子有錢，也能賺錢，密碼是爸的生日，用完了我再放錢進去。」

周蒼松跟妻子倆人都愣了一陣，金秀梅拿著銀行卡的手都有些發顫。兒子賺了好幾千萬，隨手給他們的便是四百萬零花錢！這的確讓他們轉不過來彎。想想自己在家，跟小兒子

一年苦到頭，也就三四萬塊錢的樣子，但跟大兒子比起來，這還算是錢嗎？

莫不是自己父親當年那個墳地選得好？兒子這個財也發得太猛太大了！

當然，周宣還不敢把洪哥隨手送給他的那輛車價錢說出來，否則周蒼松一定要他把車還回去，這麼貴的車一定不會讓他用，自己買得起倒好，人家送的一定不能要。

周宣笑著臉安慰著父母，讓他們到房間裏歇息一下。二樓，劉玉芳在周瑩隔壁的房間裏，在張老大沒買房子前，周宣叫她暫時就在這裏住著，買了房子再搬走，反正也不急。

劉玉芳可是比周蒼松夫妻和周瑩懂得多。這房子起碼也得幾千萬，西城的房子比其他地方的更貴，而且這是宏城花園。在電視上廣告上見得多了，宏城花園的房子在全市是數一數二的高價，幾萬塊一個平方，真是沒想到啊，當初一起玩的那個老實人現在竟然這麼有能耐，瞧這房子，車庫裏的車，再瞧瞧周宣那漂亮的女朋友！

劉玉芳嘆了口氣，自己當初還以爲選張老大是做了件眼光很準的事，瞧瞧自家那四百萬的存款，跟人家可就相差太遠了。

不過，好在周宣跟張老大是死黨，在老家就聽張老大說過了，周宣準備投一兩千萬讓張老大開古玩店，股份算一人一半。看來周宣倒是個不忘情分的人，這種事，一般人也做不出來！又聽張老大說起過，自家賺的那四百萬也是周宣幫忙的，張老大要分給他，周宣是一分錢都不要，而且還送了輛悍馬車給他們，這可也是一百多萬啊！

看樣子，周宣發了大財不說，還給他們家帶來了極大的運氣！

晚上六點，魏海洪帶人依舊開了那輛加長悍馬房車過來。

周宣父母和妹妹又哪裡休息得好？壓根兒就沒睡，也睡不著。劉玉芳更是，加上兒子又沒睡，幾個人都沒睡覺，不過精神倒也不差，新環境太好，刺激了精神。

晚上這頓飯，魏海洪是在京城飯店訂的位，一頓飯花了兩萬多，因爲上次的經驗，魏海洪早預付了錢，免得周宣又借機付賬。

魏海洪跟周蒼松喝了一點酒，也不是生意朋友，魏海洪當然不會跟周蒼松鬥酒，讓他喝個適度就好。

周宣從頭到尾都沒有說付賬什麼的，因爲他擔心叫來服務生問的時候，父母知道價錢的話會吃驚，也就乾脆裝不知道。

魏曉晴居然沒有跟魏海洪一起過來，周宣也不好問他，人家一個女孩子，自己老是提起也不好。

到九點鐘，這頓飯才算吃完，把一家人都送回宏城花園別墅後，周宣便又跟魏海洪返回他家裏。有四五天了，周宣想瞧瞧老爺子的病。

在客廳裏，周宣見到了氣呼呼的魏曉晴。薛華和老爺子都在，老爺子臉色紅潤，比走之

前的臉色更好。

「老爺子，身體好些了嗎？這幾天有沒有不適？」周宣微笑著問著。

老爺子微微說著：

「好多了，你走的時候只能喝一碗稀粥，現在還能吃一碗乾飯了。小周，家裏都好好接過來了？」

「都好好地接過來了！」周宣回答著，然後又對薛華問候了一聲：「嫂子！」

薛華點點頭，叫王嫂過來給周宣上了茶水。

周宣坐下喝了幾口茶，就對老爺子道：

「老爺子，您老到房間裏，我再幫你瞧瞧吧！」

老爺子倒是不急，說道：

「小周，你剛剛回來，也沒休息好，我這身體又好得多了，也不急在這一時，明天再來吧。」

周宣呵呵一笑，伸手攙了老爺子，笑說：

「老爺子，您瞧我龍精虎猛的，精神好得很。哪需要明天，現在就給您先瞧瞧再說。」

老爺子也由得他，上了二樓躺到床上後，周宣便運了冰氣探入。

老爺子的胃部竟然透出了血紅色，看來血液也正常輸入，癌細胞比走的時候還要少一些，難道自己那冰氣運用過後，即使人走了都能消耗一些癌細胞？

只要沒有增加就好，減少自然是不怕的，周宣再次運起冰氣異能，將癌細胞再轉化了適當的數量，然後又逼到了手指處，再拿針扎開皮膚，流出金黃色的血來，待到血色變紅後才止住冰氣。

給老爺子弄完，差不多就十點半了，魏海洪讓他就在這邊睡，明早再回宏城花園，周宣笑著拒絕了。父母、妹妹、傅盈、劉玉芳都是第一次住那裏，自己還是回去才好。

魏海洪也沒有強留，離開的時候，周宣還是叫了一下魏曉晴：「曉晴，有空就過去那邊玩！」

「不去！」魏曉晴一口回絕，哼哼著道：「我跟你那漂亮女朋友不對盤，不想看到她！」

周宣訕訕地朝魏海洪一笑。魏海洪笑罵道：「這丫頭現在怎麼越來越沒禮貌了？」

紅軍早把車開出來準備好了，周宣攔住魏海洪道：

「洪哥，你就別去了，送來送去的多累人啊。再說，你不是當我是兄弟麼，兄弟還那麼多規矩啊！」

魏海洪呵呵一笑，揮揮手由他去了。

紅軍把周宣送到家門口後，周宣讓他坐一會兒喝口茶再走，紅軍搖搖頭，笑著謝絕了。

客廳裏，父母、妹妹、傅盈、劉玉芳正在看著電視聊著天，周宣問道：「你們都不累啊？今天又是坐飛機又是吃飯的。」

周瑩臉蛋興奮得紅撲撲的，道：「大哥，這房子真是咱家的？」

周宣笑著在她頭上敲了一下，道：

「你說呢？你要是喜歡，以後你結婚了，大哥給你買一棟一樣的房子給你！」

周瑩嘻嘻一笑道：「我才不結婚呢，我就跟爸媽還有大哥過一輩子！」

金秀梅罵道：「傻丫頭！」

周宣笑笑說：「你想嫁人的時候，大哥求你別嫁，恐怕你都會不理的，現在這嘴倒是很硬！」瞧了瞧父母又道：「爸媽，你們就玩吧，反正這是自己家，明天也沒事，儘管玩，我上樓睡一下。」

周蒼松揮了揮手：「你去吧，別管我們，這又不像在鄉下，啥事幹的都沒有，哪睡得著。」

周宣上樓梯時又瞧了瞧傅盈，傅盈跟他視線一碰，莫名其妙的臉蛋又紅了起來，趕緊將臉轉到另一邊。

周宣很心痛傅盈，也不想現在曖昧地來欺負她，她可是孤孤單單一個人漂洋過海來找他的，自己怎麼忍心這麼做呢。應該跟她正正式式舉行婚禮才對得起她。當然，要是能取得她爺爺的同意那就更好了，畢竟那是她的家人！

周宣上樓後，傅盈不肯跟著上樓，在客廳裏跟周瑩話著家常，周蒼松和金秀梅瞧著傅盈，那是越瞧越歡喜，這個兒媳婦，怎麼看怎麼滿意。

周宣心情舒暢地上了三樓，放了水，在浴缸裏泡澡，在熱水裏舒展身體，舒服得呻吟了幾聲，泡著泡著竟然睡著了。

第五十章
死亡氣息

周宣感覺到點滴瓶裏的藥物
從手腕處進入血管後，並不能將這物質化解或者分離，
冰氣與血液裏的怪物質一碰，周宣馬上感受到了一絲氣息！
這種氣息就是死亡的氣息！

早上周宣起床後，到樓下客廳裏見父母都起床了，不知道昨晚玩到多晚，早上卻又偏生得早起，瞧瞧時間，才七點半。

傅盈和周瑩倒是沒起床，劉玉芳帶小孩子的就更不用說了。

周宣坐下後，聽到廚房裏有動靜，詫道：「誰在裏面啊？周瑩起床了？」

金秀梅搖搖頭說：「不是，是你那朋友洪哥請來的保姆，我跟她說過話了，還是咱們同一個縣城的人呢，洪哥真有心！」

洪哥的確是很有心，連保姆都想到要請個自己同鄉的，這更能讓父母安心隨意。老家的語言又通，吃得又合意。

保姆名字叫劉月娥，三十四歲，結過婚了，有兩個小孩子，都在老家讀書。她男人在北京搞建築。她在這邊做保姆已經有四五年了，很有經驗，一手菜燒得特別好。魏海洪確實是精選過的，不只是光離周宣老家近就行，還得要各方面都差不多。

劉月娥的菜燒得確實不錯。周宣吃慣了南方口味，而傅盈一直生活在紐約，周宣的父母和妹妹又一直在老家，劉玉芳卻是在京城過了兩三年，幾個人的口味各不一樣，但劉月娥的菜讓他們都還挺滿意，這就有點功底了。

周宣問了她，知道是魏海洪請的全職，一個月五千塊錢，這月薪在這邊不算最高，但在周宣老家可是頂了天。

周宣吃完飯後，又給劉月娥指了一樓的一個房間，讓她自個兒收拾一下搬進來，告訴她以後就稱她「劉嫂」。

劉嫂收拾房間手腳也很俐落，把廚房和房間打掃整理完後，周宣給了她七千塊錢，五千塊是預付一個月的工資，兩千塊錢是買菜的錢，這工資當然不能要洪哥再來給了。

劉嫂有些驚訝，別的地方都是做滿時間後才給工資的，像周宣這樣月初就先給薪水的，她可從來沒見過，有些心好的東家是可以預借，但也不會給整月的工資。

周宣笑笑說：「劉嫂，說起來，你又是我們家鄉人，俗話說，人不親土親，都是一個地方的家鄉人，在外面能遇到一起，那就是緣分，這五千塊錢先預支給你，拿著用吧，有困難就跟我說，能幫忙的我一定幫。你也看到了，我家裏除了妹妹、女朋友，然後就是父母，有你這個老家的人在這兒，我父母也有個聊大的伴兒！」

劉嫂拿著錢，很是感動。

周宣又道：「劉嫂，你的工資慢慢再漲，以後，每個月都是月初領錢，還有，那兩千塊的生活費，不夠的時候就問我，我再給你。生活上，你儘管用，我希望我父母能過得好一些，在吃的上面不要節省！」

一下午的時間，周宣父母和妹妹都跟劉嫂聊著天，也幫忙幹活，哪裡像個主人家？

嘻嘻哈哈中，阿昌、阿德、張老大和周濤四個人開著兩輛悍馬車趕回來了。

張老大興沖沖地一進來，就摟起兒子親了一口，隨即又在劉玉芳臉上狠親了一口。劉玉芳嗔道：「要死啦你！」

而弟弟周濤抹了一把汗水，向周宣和周蒼松說道：「哥、爸，石獅子好好地拉回來了！」

弟弟跟阿德他們在客廳裏坐著的時候，周宣讓他們等會兒，然後拉了張老大到車庫裏，指著那兩輛車說：「把這兩輛車開到外邊花園裏的空地上停，把那輛裝了石獅子的車開進來！」

這兩輛車，一輛是張老大自己那輛索納塔，一輛是魏海洪送給周宣的布加迪威龍。

張老大嘀咕著：「我還以為你是見我剛才跟老婆兒子打啵羨慕妒忌呢。」但一聽周宣要他開這兩輛車出去，倒是興奮了一下。

他早就想開這輛布加迪威龍了，四千多萬啊，就算不開，能坐一下摸一下那也是好的，沾點富貴氣息嘛。

想歸想，張老大手腳可不慢。先開了那輛索納塔出去，然後再回來開這輛布加迪威龍，這車是用智慧遙控發動和指紋啓動，魏海洪沒有輸入指紋。這倒是少了周宣的麻煩，遙控車鑰匙就放在車頭蓋上的一個盒子裏。

張老大拿了車鑰匙按了一下，布加迪威龍引擎輕吼了一聲便啓動起來，聲音厚實沉重。

周宣把車頭上的盒子拿掉扔到角落裏，張老大打開車門坐進去，雖然有點緊張，但神情卻是興奮的，慢慢將車開了出去。

再回來，自然是開著那輛裝了石獅子的悍馬。張老大一跳下車就嘀咕著：「這破石獅子有屁用，放到你這別墅門口把房子都弄醜了！」

周宣呵呵一笑，道：「老大，你真以爲我是要用來鎮門？」又見張老大嘀嘀咕咕的，又問道：「老大，開了那輛半個億的跑車，滋味如何？」

「滋味個屁呀！」張老大笑罵著說，「那車講的就是個速度，時速最高可達四百六十多公里，像飛機一樣的快。你說，就你這車庫到花園，連三十米都不到，你開開試試，看看爽不爽？跟豬八戒吃人參果一樣，連味兒都沒嘗到！」

周宣忍不住笑，到悍馬車邊打開後車箱，招了張老大過去，笑笑說：

「老大，我之所以買這石獅子，可不是用來鎮門的！你搞古玩好幾年了，撿漏，你總懂吧？」

「撿漏？」張老大一怔，問道：「撿漏是指花小錢賺到値錢的好玩意兒，難不成這破石獅子還是什麼古玩古董了？」

周宣搖搖頭道：「不是古董，是石獅子肚子裏面有黃金！」

「黃金？」張老大吃了一驚，瞪大了眼瞧著石獅子，又問道：「弟娃，你怎麼知道它肚

子裏有黃金？難不成你眼睛會透視？」

「透個屁呀！」周宣笑罵道，「我以前聽老道士說過，不過那時候不懂，以爲他說笑的。現在老道士死了，石獅子仍在，我買回來倒也不算是對不起老道了！」

張老大詫道：「老道士不是失蹤了麼，你怎麼知道他死了？」

「是我爸在城裏看到認屍啓示才知道的，回來也沒提過，所以村裏人並不知道。」周宣嘆息著回答，「老大，你現在馬上跟我出去，你熟一些，你去買一個小型的切割機回來，我們自個兒在車庫裏把石獅切開，我順便到銀行取點錢。」

張老大涎著臉道：「那開布加迪威龍去吧，拉風！」

周宣又好氣又好笑，罵道：「老大，你怎麼像個孩子？咱們去買切割機，又取錢，你開那車去，怎麼裝切割機啊？又去銀行，不是給個目標讓人來搶劫？」

倆人一邊說笑，一邊到別墅外邊，張老大打開自己那輛索納塔車門坐進去，周宣坐在他旁邊。

張老大開著車，先找到了一間五金店，花了三千多塊買了一台切建築鋼材用的小切割機，然後開著車又到了西城一間商業銀行。

周宣的銀行卡是超級白金用戶，不用排隊，直接到貴賓室裏。銀行的女職員請他們坐下後，然後熱情地泡了茶水，再拿了單子讓周宣塡了個數字和簽名。

周宣取了二十萬現金，銀行對他這樣的超級貴賓的服務是極周到的，二十萬的現金數字不大，不到五分鐘便一切手續搞定。

出了銀行上車後，張老大這才羨慕地嘆道：「有錢的滋味真是不錯，以前我到銀行，因為經常跟銀行打交道，人熟了，取點大額的錢才方便一點，但像你這樣，一取幾十萬，銀行半點囉嗦都沒有，那才是身分！」

周宣笑道：「別廢話了，老大。好好做古玩店也一樣的，你明天就開始找店面，應該怎麼做你就怎麼做，那事就是你來操辦了，我也不懂也不會插手。你自己看著辦吧。」

周宣很怕麻煩。開店要找店面，還要跑營業手續，然後又要進貨又要請店員，事情跟亂麻一樣。自己天生就是嫌麻煩的人，這事自己甩手不理是最好的。

張老大倒是不怕麻煩，而且他早想幹這個，只是各方面還不成熟，資金和人脈關係不夠，所以開不起來，現在這些自然都不是問題了。

回到宏城花園別墅，張老大和周宣倆人一起把切割機抬到車庫裏，然後又叫了阿昌、阿德和周濤，五個人一起把石獅子抬下車來，費了好大的勁。

然後周宣取了十萬塊錢出來給阿昌和阿德，說道：「阿昌大哥，阿德大哥，你們兩個跟我辛辛苦苦地跑了一趟鄉下，意思一下。」

阿昌和阿德不肯接這個錢。阿昌道：「小周，洪哥把我們當兄弟，你是洪哥的兄弟，你說我們能見外嗎？這錢我們是不能要的！」

周宣把錢硬塞到他手中，說道：「阿昌，就是因爲你們是兄弟，是朋友，我才給的，如果我沒錢，拿不出來，自然是不會給的，但現在我有錢，你們也知道，這對我來說不算什麼。你們也有家有室，要養父母妻子兒女，這個錢，你們就拿著吧，是我的一點心意！」

阿昌瞧了瞧阿德，倆人都很感動，周宣是個好心腸的人，他們一直都清楚，既然周宣這樣說了，那就接了下來。

阿昌和阿德走的時候，開了另外一輛悍馬車回去，而車庫裏的這一輛就留給了張老大，這是洪哥說過要送給他的。

等他倆一走，周宣和張老大兩個人便把切割機插上電源，拖到石獅子旁邊，將砂輪口對著石獅，開動開關，砂輪旋即飛速轉動起來。輪子碰到石獅的時候，頓時發出刺耳之極的聲音，火星和石屑紛飛。

好在這是獨立的別墅，間距隔得也遠，雖然響聲大，卻對鄰舍沒有干擾。

周蒼松和周濤聽到聲音後跑來車庫裏，他們父子倆是知道這個秘密的，但石獅子裏到底有沒有黃金，他們誰也不敢肯定。特別是周濤，大老遠又緊張地跟車押運回來，心裏特別希望石獅裏真有黃金。

石獅在切割機的切割下，切進了深達數公分的一條口子，然後周宣又換了幾個方向再切，這樣，在石獅四周切割出了六道口子後，再打橫切割，這個動作難度大一些，費了很大的勁才切割了一條口子，再切，第二條口子沒切多長的時候，石獅子身上便掉落一大塊石片，這時，幾個人便清清楚楚見到石片跌落後，石獅腰身裏金燦燦的顏色便顯現在眼前！

「真出黃金了，真出黃金了！」周蒼松和張老大同時顫聲叫了起來！

瞧這石獅子裏面顯露出的黃金面積，黃金的價值可不是小數目！

只有周宣一個人不感到驚奇，這樣的事，對他來說，已經沒有半分刺激的感覺了周宣切割了這一陣子，手早軟了，只有張老大倒是越來越興奮，周濤也興奮地上前接替周宣幫忙。

周濤和張老大兩個人拖著切割機左左右右一陣忙。半個小時後，石獅子被完全肢解掉了，一條長約五十公分，粗約籃球般大的圓條形黃金完整地被剝離出來。

張老大用手指甲狠狠掐了一下，黃金表面上便現了一個指甲印。

「是黃金，沒錯！」張老大嘴唇都有點打顫了！

黃金飾品他見得多了，但這麼大塊的黃金卻從來沒見到過，連在電視裏也沒見過。

呆了一下，張老大彎下腰，雙手抱著黃金用力試了一下，卻沒有抱動，「嘿」的一聲喊，仍然沒有扳動，不禁訝然：「弟娃，這黃金不止兩百斤，我這一抱，可是能抱動一百七八啊。濤娃，來，我倆一起試一下。」

周濤和張老大一起喊著「一二三」，倆人一起用力，這才抬了起來，倆人在手裏掂了掂重量，然後才放下去。

「這應該是兩百二十斤到兩百五十斤左右！」張老大又是驚訝又是興奮地說道，「現在金價一直在提升，按成色純度計價，大概在兩百五到三百之間，像咱們這個成色的黃金，那是最好的成色，如果賣的話，至少可以賣到兩百六一克，這兩百多斤值兩千六百萬以上啊，我的天！」

「兩千六百萬？」周蒼松和周濤都驚得呆了！

沒料到這麼個破破爛爛的舊石獅竟然帶來了這麼大一筆財富！張老大這時真是不得不嘆周宣的運氣之好了！

周宣拍了拍手上的灰塵，道：「老大，我已經跟洪哥說過了，請他幫忙找買家，把這黃金賣了。老大，你就拿這錢來籌備開店，缺人手就先把周濤和小瑩帶著幫忙，也教教他們兩個，錢不夠再跟我說，這事你就自己處理了！」

「還有，」周宣瞧著張老大又囑咐道，「這事千萬得保密，老大你可是知道的，儘量都聽洪哥的安排吧！」

張老大自然是把頭點得跟雞啄米一樣。

瞧著老爸和弟弟跟張老大三個人發著呆，周宣笑了笑，轉身走出了車庫，雖然黃金的收入給他帶來不小的刺激，但老爸他們肯定是安心了，有了這麼一大筆收入，在這邊的生活他們肯定就放心了。

接下來的一個多月裏，周宣倒是徹底享受了幸福的生活。每天就是帶著傅盈遊玩，隔三岔五的再幫老爺子診治一下，原來預計要兩個月左右才能斷根，但實際上只花了一個半月，老爺子身體裏的癌細胞就給化解了個乾乾淨淨！

老爺子身體好了後，仍然住在魏海洪的別墅裏，周宣過去沒事時，就拉著他下下象棋。老爺子的棋很犀利，周宣只算一般，一開始還要讓周宣一個車，仍然是輸多贏少。周宣下得有些索然無味，但老爺子不放他走，於是就橫了心跟他鬥，半個月下來，棋藝倒是長進不少。

周宣這才出了一口氣，贏的時候多了，興趣也就大了起來，後來每次來洪哥這邊，沒別的事，就是跟老爺子走棋。老爺子也不再讓他，這一下，周宣可就一下子又陷入了苦戰中，輪到他輸得多贏得少了！

張老大跟著洪哥找了個香港珠寶商把黃金賣了，總價是兩千九百萬，他成天帶著周濤忙這忙那的。

店面也租了下來，執照還在辦理中，這事洪哥幫了很大的忙，否則也不可能這麼順利。

張老大雖然很忙，不過他卻覺得忙得再累也值得，畢竟是自己的一份事業了。

周宣對古玩店的事完全是撒手不理，做了個甩手掌櫃，張老大雖然氣，也沒有辦法，好在周濤肯學肯幹，替他分了不少心。周濤是周宣親弟弟，周宣不管，也就替他擔了那份責任。

古玩店開業的日子定在年前臘月二十五，時間還有兩個來月。

星期六的早上，周宣與傅盈吃過早餐後就去遊長城，只是尚在半路上，周宣就接到了洪哥的電話。

洪哥的聲音很急：「周宣，趕緊回來，曉晴病了，病得很重，你快些回來！」

周宣吃了一驚，問道：「洪哥，曉晴好好的生什麼病了？」這才發覺，回來後這一兩個月時間裡很少見到曉晴，這個活潑漂亮的女孩子能生什麼病？

周宣當即拖了傅盈，搭車往回趕。

傅盈斜睨著他，淡笑問：「曉晴很喜歡你啊，是不是得了相思病？」

周宣握著傅盈的手用力捏了捏，盯著她說：「盈盈姑娘是不是吃醋了？」

「呸！」傅盈甩開他的手，把頭扭到一邊，說：「我才不吃醋呢，她想要，給她好了。」

周宣見傅盈雖然扭頭說著狠話，但側臉眼角上卻是露出一絲笑意，知道她只是取笑。

到了魏海洪的別墅後，周宣跟傅盈一下車，便見到門口老爺子和魏海洪臉色焦急地望著他們。

魏海洪眼見周宣從車上下來後，趕緊奔上前拉著他，傅盈這才感覺到事情有些嚴重，並不像她說笑那般。

老爺子也是眉頭深皺，見到周宣後趕緊道：

「小周，快進去瞧瞧曉晴，這丫頭昨天還好好的，今天就忽然成這個樣子了，還是早上沒見她下樓來吃飯，我讓王嫂去瞧瞧才發覺的！」

一邊進屋，魏海洪一邊說起了情況：

「早上發覺後，曉晴已經昏迷不醒了，把軍區醫院的陳醫師請過來診治檢查過，說是血液中毒，暫時只是輸著一些進口解毒藥水，又抽了血送回去化驗。因爲是老爺子囑咐過的，所以化驗結果很快出來了，是一種現在醫學史上未知的毒物，而且不能從血液中分離出來，所以即使送到各大醫院也都同樣沒有辦法醫治。」

魏海洪說到這裏，盯著周宣沉沉地說道：「只能是等死！」

客廳裏，薛華和魏曉雨正在焦急地打著電話，周宣倒是第一次見到魏曉雨露出焦急的表情。

傅盈盯著魏曉雨，低聲對周宣問：「不是說曉晴病得很嚴重嗎？看起來好像沒什麼事

啊，她穿軍裝真好看！」

周宣一聽就知道傅盈也看走眼了，拉著她往樓上走，悄悄地說著：「她不是曉晴，她是曉晴的雙胞胎姐姐曉雨，是個軍人。」

傅盈好生奇怪，在樓梯上一直還頻頻觀望，這姐妹也長得太像了！

周宣走到樓梯拐彎處，隱隱聽到魏曉雨埋怨著：「爺爺和小叔也真是的，曉晴都病成這樣子了，也不讓送醫院，叫那姓周的小子來幹什麼？我瞧他就是一個江湖騙子。」

周宣淡淡一笑，倒也不去理會她，自己早過了爭氣鬥勝的年紀。再說老爺子和魏海洪可是對他像家人一樣，就算是爲了他們，自己也不會來生這個不必要的氣。

魏曉晴睡的那個房間，周宣在門口處便感到有一陣極爲不舒服的感覺！那是左手腕裏丹丸冰氣的自發感覺！這是個異象，自周宣擁有冰氣異能以來從沒有過的事情！

周宣站在門口，閉了眼深深吸了口氣，然後運起冰氣起來。傅盈、老爺子、魏海洪三人都站在他身邊瞧著。

冰氣運轉了幾圈後，那種不舒服的感覺才消失了，但冰氣直接與房間裏的一股氣息抵觸著。

周宣睜開眼瞧了瞧，與冰氣抵觸的氣息來自房中的床上，而床上就只有昏迷著的魏曉晴。

床邊上的兩個人焦急無比，周宣認得，是魏海洪的大哥魏海峰和他妻子，上次在老爺子住院的病房內見到過。

床邊立著一根三腳的鋁合金架子，架子上掛著點滴瓶，透明的塑膠管連接著的是魏曉晴手腕上的血管。

魏海峰對周宣自然不陌生，上次覺得很荒唐，但老爺子的病竟然在短時間內完全被醫好，這讓魏海峰吃驚不已，自家老爺子的病他又不是不清楚，按道理說，醫院也給了最後的診定，確實無可再醫，就算是大羅金仙也難挽回老爺子的命了。但一直到現在，老爺子不是活得好好的嗎？而且很健康！

魏海峰又得到老爺子的叮囑，不得向外面透露周宣的任何事情，別人問起的話，就說是醫院診斷錯誤，他得的並不是癌症，只是一個良性腫瘤。

從這些情況上看，魏海峰便覺得周宣有些奇異和神秘了。

周宣走到床邊上，那種讓他不舒服的感覺又濃郁起來。

瞧瞧床上的魏曉晴，眼睛緊閉著，臉蛋兒白白的，從外表上瞧不出任何問題。周宣努力再運轉起冰氣，慢慢坐到床邊上，伸出左手將魏曉晴的手握住。

魏曉晴的手很柔軟，但卻有些冰冷，周宣的冰氣一進入她體內，便覺得魏曉晴的生命正

在離她而去！

當然，這只是他的一種感覺，而房中別的人就沒有這種感覺。

周宣的動作讓魏海峰感到奇怪，既不像把脈，也不像診斷，又沒有任何器具，他能治病？周宣自然不去理會他們，而冰氣的運轉也沒有人能瞧得見，也就無所謂。

冰氣包裹住魏曉晴的身體後，周宣腦子裏立即察覺到，她血液裏混合了一種自己沒見過的分子，跟老爺子體內的癌細胞又不同，癌細胞是活的，但這東西卻並不活動，而冰氣似乎極爲厭惡這東西。

這東西跟魏曉晴身體裏的血液混合交纏在一起，周宣感覺到懸掛的點滴瓶裏的藥物從手腕處進入血管後，並不能將這物質化解或者分離，冰氣與血液裏的這種怪物質一碰，周宣馬上感受到了一絲氣息！

這種氣息就是死亡的氣息！

一個人只有在快死亡時，或者是死亡後才會有的這種氣息。

周宣自有異能以來，還從未有這種感覺，就算之前在美國天坑底那萬惡陰森的寒水洞底數百米深的寒水陰河中，異能也揮灑自如，沒有半分不適的感覺！

而周宣同時也感覺到魏曉晴的生命正在一點點流失，時間容不得他再有半分猶豫，當即全力運起冰氣將血液中的怪物質分離，再逼向一個地方。

這東西雖然不像癌細胞一般是活物，但卻比癌細胞更加難纏難對付，因為周宣覺察到，自己的異能不能轉化它的分子，也就是說，這是周宣第一次遇到了他轉化不了的物質，也檢測不出來是什麼物質。

冰氣異能最大的特點便是能測出未知物體的來歷。從有異能以來，周宣一直試驗不停。除了那個給他帶來異能的金黃石他測不出是什麼物質外，還沒遇到過一種他測不出的東西，而現在，魏曉晴血液中的物質便是他測不出來的第二種物質！

而這種物質與金黃石有極大的區別。金黃石是周宣異能的來源之處，測不出來母體那很正常。但這種物質，對周宣的異能來說，就像在吃飯的時候，餐桌上忽然端上來一盤排泄物，充斥在他心裏的，便是噁心和極不舒服的感覺！

周宣閉著眼，很費力地將冰氣異能從魏曉晴身體裏的血液中，一點一點把那怪物質驅向某一處，這個功夫，周宣感覺到比將陰河暗洞中的怪獸轉化分子還要費力，龐大的異能居然感覺到有些後氣不繼。

周宣把怪物質盡全力驅到魏曉晴的右手指處，全身已經是汗如雨下，幾欲暈倒。但他知道，這個時候如果自己不堅持住的話，那就前功盡棄了。魏曉晴也許就會在刹那間香消玉殞，容不得他有絲毫懈怠！

房間中的人都屏住了呼吸，連大氣也不敢出。魏曉晴的姐姐魏曉雨也早來到了房間中，

只見周宣握著曉晴的手閉著眼，古怪了這麼長一陣子，臉上又汗水滾滾，倒也不敢確定他是真有本事醫治還是裝樣子了！

周宣奮力運起最後一絲冰氣，將那帶死亡氣息的怪物質逼在魏曉晴的手指處，然後睜開眼來，虛弱地喊了聲：「針。」

魏海峰夫妻最是著急，這時候也不敢亂說話，怕驚擾到周宣，見他忽然睜眼說了一句話，沒明白什麼意思，趕緊問道：「什麼？」

只有魏海洪和老爺子明白。一個多月下來，老爺子給他治一次便扎一次手指。魏海洪趕緊跑到樓下的房裏拿了一盒針，因為給老爺子治病需要，所以他讓王嫂買了一大盒子回來。

周宣顫抖著右手接了針，又喘了幾口氣，說道：「瓶子。」似乎連多說話的力氣都沒有了！

王嫂在樓道裏聽到後，急忙到周宣以前住的那個房間中，把周宣裝金魚的小玻璃缸搬了過來。

周宣左手依然緊緊握著魏曉晴的手，冰氣緊逼著那怪物質不讓它反逼上來，然後右手拿了針，在魏曉晴手指尖上扎了一個小孔。

血一下子冒了出來，但卻是紫黑色的，黑血一滴滴地落到地上的玻璃缸中，玻璃缸裏還有一小半水，黑血滴落到水中時，竟然騰起絲絲煙霧！

黑血漸漸變紅，直到完全變成紅色時，周宣才鬆開魏曉晴的右手，身子一軟，伏在床邊上就哇哇嘔吐起來，魏海洪急忙將玻璃缸端到他嘴邊。

周宣嘔吐到連膽汁都吐出來了，軟軟的身子再也動不了，想說什麼話時，卻是頭一昏，暈了過去。

第五十一章

袖珍棺材

魏曉晴接過來一看，照片中是一個黑色小長方形的東西，
黑黑的，樣子極像一個棺材，
當即點了點頭，用肯定的語氣說道：
「我見過，在我同學家中，這東西叫做『袖珍棺材』！」

再醒過來時，也不知道是什麼時候了，周宣抬了抬頭，發現自己是躺在床上的，而傅盈坐著椅子伏在他床邊上，雙手卻是緊緊握著他的右手，一頭青絲散亂地蓋住了大半張臉蛋。

周宣瞧著她長長的睫毛時不時動一下，有一種極朦朧的美感，便伸出右手輕輕捋了一下她臉上的髮絲。

就這麼一動，傅盈就醒了過來，揉了揉眼，看看周宣正愛憐地瞧著她，喜道：「你醒了？沒事吧，可嚇壞人了！」

周宣動了動身子，渾身痠軟，臉上卻笑笑說：「沒事，你瞧我不是好好的嗎！」

說是這樣說，周宣試著運了運左手腕裏的冰氣，丹丸冰氣就像冬天裏曬著太陽的老頭子，懶洋洋地有氣無力。

周宣倒是鬆了一口氣，冰氣損耗雖然極巨，創了有史之最，但只要休息恢復的時間夠長，仍然能夠回復原樣。剛剛睡了一覺，冰氣也恢復了原來的一二成模樣，只是這次消耗得太厲害了，僅僅睡這一覺的時間還不足以恢復，最好是運用內勁呼吸法，恢復速度才可以快一點。

「幾點了？」周宣問著傅盈，皺著眉頭又道：「你也知道，我也沒什麼事，只是太累了，休息一會兒就好了，你這樣要是感冒了或者生病了，那更讓人操心！」

傅盈倒是不生氣，周宣關心的語氣只會讓她更歡喜，於是她笑吟吟地說：「三點多了吧，本來看著你的，不知不覺就睡著了。」

「對了，」周宣想起之前的事，趕緊又問道：「曉晴好些了嗎？」

「她沒事，好好的。」傅盈奇怪地說：「她那樣子明顯是中毒了，可是她自己卻不知道到底是為什麼，也不明白怎麼中毒的，聽她說，是去了一個同學家裏，幾個同學聚會，沒幹別的事，甚至都沒吃什麼，只喝了一點紅酒。」

周宣也想不明白魏曉晴體內血液中那古怪的物質是什麼東西，而且冰氣異能也很自主討厭那種物質。

傅盈又道：「周宣，以後不是迫不得已或必須救的人，我不許你再這樣了。」她嘆了口氣，然後又幽幽道：「上次在天坑那陰河水洞中，你給我拔了箭頭後，睡了一晚後就徹底的好了，那時我就知道你不一樣。你有特殊的能力，可這是你的秘密，我也不想問，我也知道你不想讓別人知道。我只是要你以後別老想著隨便出手，你這個樣子，我很心痛！」

周宣默然半晌，良久才說：「盈盈，我不想瞞著你任何事情，只要你想知道的，我都願意告訴你！」

傅盈伸手輕輕按住了他的嘴，搖搖頭：「我什麼也不想知道，我只要你好好的！」

周宣心裏十分感動，伸手握住了她的手。

雖然仍然覺得腰痠背痛，周宣卻是不想再躺。動了動，傅盈趕緊扶著他坐起來，又聽到

周宣肚子中咕咕叫了一聲，又問他：「你是不是餓了？不過這是在洪哥家裏，也不好叫人家給你做，你等一下，我到客廳的冰箱裏給你拿盒牛奶！」

傅盈說著站起身，把頭髮往腦後攏了攏，走到門邊探頭先瞧了瞧，然後才躡手躡腳地出去，瞧她的動作像做賊一般。

周宣忍不住微微一笑，心裏卻著實感動。傅盈一個驕傲的富家千金，天底下多了去的俊才青年，她卻獨獨垂青自己這個普普通通的男人。爲了自己，她可以說是抛下了任何的身分、面子、名聲。這份情，他無論如何都不會辜負她，無論如何他都不會做對不起她的事。

門邊輕輕響了一下，周宣道：「這麼快啊？」

周宣隨口說著，還以爲是傅盈上來了，抬眼瞧著，卻是魏曉晴穿著睡衣，踏著拖鞋靠在門邊，一張臉雖然仍有些蒼白，但精神看起來還是不錯。

「你好了嗎？」周宣靠在床頭，停了停又說道：「好久沒有見到你了！」

魏曉晴哼了哼，淡淡道：「你身邊有個大美女陪著，成天卿卿我我的，那個肉麻樣子我也不想多看。」

瞧了瞧周宣有些訕訕的表情，魏曉晴又補了句：「不過，我還是謝謝你救了我！」

「你謝什麼，」周宣笑笑道，「洪哥跟我是什麼關係啊！」

魏曉晴氣呼呼地走進房中來，說道：「哼，如果不是因爲我小叔，你就不會救我了吧！」

周宣一怔，呆了呆，跟人家繞口令，他可不是對手。

卻聽得門口一聲輕笑道：「曉晴，你這麼漂亮這麼可愛，誰都會救你，要是我，我也會啊！」

魏曉晴轉身一瞧，原來是傅盈拿著一盒牛奶笑吟吟走了進來，便道：「你也不用假惺惺的，不就是覺得你比我漂亮嗎，哼！」說著便轉身出了門，回自己房中去了。

傅盈嘻嘻一笑，道，「曉晴其實真的很可愛，敢做敢當，敢愛敢恨，喜歡的事會說出來，不喜歡的事也會說出來！」

一邊說著，一邊撕開牛奶盒子角上的撕口，然後送到周宣嘴邊餵他。

周宣伸手接過牛奶，喝了一口，然後道：「我還沒有到那麼虛弱的地步，盈盈，你坐下吧，站著挺累！」

咕咕咕的一口氣將牛奶喝了個乾淨，肚子中覺得好受多了，周宣笑道：「現在才發覺，原來牛奶可以當飯吃，牛奶的營養高，難怪外國人各個長得高大又壯實！」

「那也不是每個外國人都高人壯實的。」傅盈糾正了他的話。

其實周宣也明白，天底下哪兒的人都是一樣，有高的就有矮的，有胖的就同樣有瘦的，只是找了個話題跟傅盈瞎扯而已。

周宣本來是想跟傅盈多聊會兒，多待會兒，但瞧傅盈的面色很疲憊，想必是擔心他，守了大半夜，實在是心疼，想了想就說道：「盈盈，你到隔壁房間去睡一下吧。」

傅盈雖然疲累，但卻不想走開，周宣見傅盈猶豫著，笑笑說：「盈盈，要不，你就在這兒睡吧，反正我也不怕人知道咱們兩個。」

話沒說完，傅盈就「呸」了一口，紅著臉跑了。

周宣嘿嘿一笑，傅盈什麼都好，就是臉皮太薄，自己可是知道她的弱點，一拿就準。要是說別的，她定然不願意走，稍爲說點曖昧的話，她立即便會逃走了。

傅盈走後，周宣便關了燈，躺在床上，在體內運用呼吸內勁法練了起來，漸漸地，冰氣壯了些，不過是躺著的，身體還是疲累，不知不覺中就睡著了。

第二天，他睡到十點才起床，傅盈也沒來他房間裏，想是洪哥一家人都在，她也不好意思跑進來。

洗漱後，感覺到身體好了很多，不過冰氣仍然只恢復到以往的三成左右，心裏有些駭然。以前冰氣消耗再大，晚上用呼吸法練過後就會完全恢復，現在的冰氣又比以前壯大厚純得多，練了一晚居然還只恢復到三成，想來那個帶死亡氣息的物質是多麼的可怕！

下到樓下客廳中，魏海洪趕緊叫王嫂給他端了溫著的燕窩粥來，因爲知道他很累，所以早上也特地吩咐不要去打擾他，讓他好好睡一覺。

老爺子、魏曉晴、傅盈幾個人都在，特別是傅盈，臉紅紅的瞧都不瞧他，看來以後還是少跟她說些曖昧的話才好。

燕窩粥的溫度剛剛好，不冷也不太燙，周宣喝了兩碗。他不像老爺子。老爺子是胃癌，胃口受不了，不能多吃，他可是沒病，胃口好得很，只是精力損耗過大而已。

老爺子等周宣喝完粥後，這才關心地問了幾句，確定沒什麼事後才放了心。

周宣倒是有些關心魏曉晴，瞧了瞧她的面色，應該是沒事了，只是昨天那個樣子也太嚇人了。老爺子今天將她禁了足，哪兒也不讓她去，連她自家也不讓回，父母想見就過這兒來。

周宣想再問問魏曉晴那古怪的死亡氣息物質的事，只是還沒開口，廳中的電話就響了起來。魏海洪接了電話，聽了半晌也沒說話，臉色漸漸沉了起來。

這段時間出了很多事，一家人都給弄得緊張兮兮的，瞧著魏海洪這個表情，都有些怕了，不知道是不是又出了什麼事！

魏海洪一句話都沒說就放下了電話，沉吟了半天，老爺子最先出了聲問道：「老三，什麼事？」

魏海洪猶豫了一下才回答道：「爸，是國安局的人在外面，說是有些事想跟曉晴瞭解一

下。」

魏曉晴怔了怔，問道：「小叔，有沒有弄錯啊？我可跟國安局的人搭不上邊，找我有什麼好瞭解的？」

魏海洪沒有回答她，倒是對著老爺子說道：「是藍山！」

「哦？」老爺子有些詫異，想了想便道：「叫他進來吧。」

周宣自然是不知道魏海洪口裏的藍山是誰，但聽了前面的話，估計可能是國安局的高層人士吧，這些國家大事跟他沒什麼干係，他只是個普通人。

藍山是個四十多歲的中年男子，很有氣度，見了老爺子恭敬地叫道：「老爺子，您好！」

老爺子指著沙發道：「不用客氣，坐下來直接說吧。」

藍山點點頭，然後從公事包裏拿了一張照片出來，遞給了魏曉晴，問道：「曉晴小姐，這個照片裏的東西，你見過嗎？」

魏曉晴接過來一看，照片中是一個黑色小長方形的東西，黑黑的，樣子極像一個棺材，當即點了點頭，用肯定的語氣說道：「我見過，在我同學家中，這東西叫做『袖珍棺材』！」

「那就對了！」藍山沉沉地說道，「曉晴小姐，昨天你同學家中聚會的七個人，除了你之外，全部死了。」

「你，你說什麼？」藍山的話將魏曉晴幾乎嚇暈過去。

昨天聚會的同學加她一起，一共有七個人，都是大學時的女同學，地點就在程靜家中，因爲程靜的爸爸是北大歷史系考古類的教授，程靜從小受父親的影響極大，尤其對古玩古董收藏一類特別愛好。

魏曉晴回來後閒著沒事，便與程靜邀了幾個女同學一起聚一聚玩一玩，瘋瘋癲癲之後，程靜又打開儲藏室中自己的收藏品給她們看，其中一件就是這個照片中的袖珍黑棺材，聽程靜說起，還是剛從以前認識的一個老販子手中花了七千塊買下來的。

魏曉晴對收藏不愛好，對古董自然也不太懂，程靜那些瓶瓶罐罐的東西她也沒有興趣看，唯獨對這個袖珍棺材倒是覺得奇怪，所以還特地仔細瞧了瞧。

棺材大約有三十公分長，十公分寬，十公分厚，重量約有一斤半左右，材質很奇怪，肯定不是金屬質地，但又不像木質，也絕不是油漆塗在外層的，非金非木的，不知道是什麼東西做的。

棺材底下又刻有三個篆字，程靜介紹了才知道是「袖珍棺」三個字。說是棺材，但蓋子和下邊的棺身卻是緊緊連在一起的，連一絲縫隙也沒有，也不知道棺材裏是實心的還是中空

的。

當時還記得程靜笑著說，這袖珍棺材可能是一塊隕石雕刻成的，她簡單化驗了一下，袖珍棺材的質地不屬於地球上已所知的任何物質，但卻不是金剛石那一類有價值的隕石類，所以她才用了七千塊就買下來了。

但是藍山現在的話卻讓魏曉晴太驚訝了，一直以來，她從沒真正想過死亡這一類的事情，因爲她還年輕，死亡畢竟離她還是太遙遠的事，可沒想到，昨天還跟她一起喝酒聊天狂歡的六個女同學竟然都死了！真的都死了麼？

魏曉晴驚訝不已，老爺子、魏海洪和周宣卻是不明白，都在等著藍山的解說。

藍山瞧著魏曉晴，仔細打量了一下，也有些不解地問道：「曉晴小姐，你有沒有生病或不舒服嗎？」

魏曉晴有些不悅，哼道：「我生不生病關你們什麼事？難道我的生死是國家大事麼？」

她這樣說，沒想到藍山倒是認真點了點頭，道：「曉晴小姐，你的生死確實關係到我們的一個大問題！」

老爺子手指在茶几上點了點，道：「小藍，直接說重點！」

藍山應了一聲，然後又說道：

「曉晴小姐昨天跟程靜等六個女同學聚會，之後其中有四個人離開了回到自己家，這四個人包括了曉晴小姐和其他三個人。這三個女孩子都在昨天晚上十二點左右死在家中，而在程靜家中的另幾個人，包括她自己，也都已死亡。報案人是死在自己家中的那三個女孩子的家人，一一〇中心確認過，報警時間是十二點十一分。刑警到達後，經檢查初步認定是中毒死亡。經死者家人提起，死者都是與同學聚會喝多了才回家，而且回家後沒再吃喝過，刑警的疑點便指向了程靜家，然後刑警小隊立即趕往程靜的家裏，這才發現她們三個人也已經死亡！」

藍山說到這裏，嘆著氣搖了搖頭，接著又道：「當時刑警小隊和法醫在現場驗過屍體後，證實死亡原因跟其她三個死在家中的女子一樣。在程靜家中幾乎是寸地都沒放過的查過後，沒有找到任何有毒物質。」

藍山瞧著老爺子和魏海洪，沉著聲音緩緩地道：「但很奇怪的是，四個刑警和一個法醫在今天早上十二點鐘左右也全都死亡！」

老爺子和魏海洪都是一怔，只有周宣不感覺到奇怪，從魏曉晴身體中那古怪物質就知道，這物質是致命的，想必是刑警和法醫也都接觸了那物質。

周宣忍不住問道：「那幾個刑警和法醫是不是接觸了那個袖珍棺材？」

藍山有些意外地瞧了瞧他，問道：「你怎麼知道是袖珍棺材惹的禍？」

周宣尷尬笑了笑，立即閉了嘴，那只是他看到照片後自己的猜測，他可不想摻和進去。

藍山對周宣的注意也只是一下子，隨即把注意力又回到對老爺子和魏海洪的講述中。

「一開始，分局只是把這案子當成一般的案子，按常規程序來處理，但局裏也莫名死了幾個人後，立即重視起來，層層報上來。正巧在河南也出現了幾起這樣的死亡案件，因爲死亡的時間比這裏還早，死亡人數也沒有這麼多，所以沒有引起重視，最後國安局的檢測部門經過詳細檢查過後，得出了一個結果！」

藍山說著，把照片擺到面前，嘆道：「所有的疑點都把問題推向了程靜收藏品中的這個袖珍棺材上面，而接觸這個棺材的國安部門的三個人，現在也躺在醫院中。按照前面那些死亡者的時間來算，接觸那袖珍棺材後死亡的時間爲十二個小時，那三個人還有七個小時的生命！」

老爺子和魏海洪都詫異得半天沒說出話來。

藍山又道：「國安局現在已經全面接手了這個案子，因爲這個案子不僅僅是死了這幾個人的問題，而是涉及到歷史中一個死亡了整整十幾萬人的城市的大問題！」

「越說越糊塗了！」老爺子皺著眉頭問道，「這個案子又跟什麼歷史扯上關係了？」

「老爺子，你聽我慢慢說，一下子是說不清楚的。」藍山打著手勢，確實覺得不知道該從哪開始說，想了想才道：

「那個袖珍棺材，我們的檢測部詳細檢查了，棺材本身帶有一種特殊的放射性物質，可以稱之爲輻射吧，但跟核輻射類型不同，卻也能讓人致命。這種放射線可以讓人的血液停止工作並且跟血液混合無法分解，而且一旦受到這個輻射後，人畜都會在十二個小時內死亡，這比核輻射更可怕。只是那個袖珍棺材的放射性只能達到三米的範圍，這是不幸中的大幸！」

藍山沉沉地說著：「像這種對國家有極大威脅，或者是會引起全國甚至全球恐慌的事情，國家的安全部門就會暗中進行排除，如果廣而告之，那只會引起全面的恐慌，這件事就是那樣！」

藍山緩緩地繼續說著：

「有一個不爲人知的秘密與這件事有關，在三千七百年前，也就是西元前一千六百年前的先商時期，在洛陽城西，商最大的一個城池發生了一件大事。據典史記載，洛陽城外西山上天墜異石，子湯大將秋元徵百人起石，剖石後得一奇寶，大約雀蛋，通體生光，亮照百米。秋元大喜，準備呈獻給大王子湯，但卻是一夜間全城十數萬人畜皆亡，無一活口。子湯恐引起舉國慌亂，下令禁口，並派數千人在洛陽之西掘了深千米的地道，將那異石明珠埋在了地底，同時也將那古城中所有死人財物盡皆埋入，一座繁華熱鬧的古城就此完全消失。子湯並下令嚴禁記載和傳述，違者誅九族，所以後世並不得知有這件事情！」

老爺子和魏海洪聽得一怔一怔的，可從來沒聽說過有這種事，這是說故事麼？

藍山苦笑著又說：

「老爺子，你們可能極難相信這事吧？我也不信，可現在這事就擺在了面前，那座消失在地底的古城，不僅僅有那顆滅城的異石，還有全城無數的財寶，但無論任何事，只要發生過，那就不可能完全不被人知。後世也有很多人在尋找這古城的下落，想淘寶發財。歷代的盜墓者更是挖空心思在尋找，我們從得到的線索來看，這袖珍棺材可能就是那座古城裏得來的東西，而與程靜交易的那個文物中間人就是河南人，這個中間人聯繫最密切的有三四個盜墓集團，其中有兩個集團中的七個人，連同這個中間人，目前都已經死亡，我們相信是接觸了袖珍棺材的原因。」

「現在最令人擔心的就是，」藍山皺著眉說，「那幾個盜墓的集團已經找到了古城的地點，貪圖裏面的古玩珍寶而盜出那個滅城的異石明珠。雖然這只是一個傳說般的記載，但也不得不防，萬一真是這樣呢？那就會出大事了！」

藍山說到這兒，又瞧著魏曉晴搖搖頭說：「曉晴小姐，通過社區的監控錄影，我們已經知道你參加了你跟你同學的聚會，但是我不瞭解而又奇怪的是，為什麼你一個人還好好的，一點事情沒有？」

魏曉晴這一陣子正因為聽故事發了怔，順口就指著周宣道：

「是他，他給我治好了！」

藍山深深地審視了周宣一眼，周宣給他掃了這一眼，便立即覺得這個藍山隱隱有一種極爲逼人的氣勢，以前沒有覺察到，或許只是因爲在老爺子這樣的人物面前而顯弱了罷。因爲這是在魏海洪的別墅中，顯然周宣是與魏海洪有關的人，那他再怎麼也不可能按一般的程序來辦事。

藍山稍稍一思索，便對老爺子說：「老長官，我瞧這件事，還得您老出面了！」老爺子淡淡道：「你說，別給我老頭子設套！」

「呵呵！」藍山笑了笑，指了指周宣道：「我是想跟您老借他幫幫忙！」

「我？」周宣指了指自己，趕緊搖了搖頭：「不行不行，我已經去了大半條命了，再一個人就會要了我的命！」

昨晚救魏曉晴便讓周宣暈倒嘔吐，一直到現在冰氣都只曾恢復到三成，如果再去救一個人，那搞不好就真要了自己的命了。不是說他沒有救人的心，但做好事也要力所能及，而不能拼了自己的命來救別人，除非那人是自己的親人。

藍山迅速搶在老爺子開口前說道：

「小兄弟，你誤會了，我請你是因爲一件事，你能救回曉晴小姐，至少說明你對那種東西是有認識的，是有防禦能力的。我不知道你是如何救人的，瞧你的語氣便知道救人是對自己有傷害的，這我自然不會強迫你。我請你，只是想讓你加入我們這個調查小組，這樣，我

們調查這件事就會增添一分把握。如果這是歷史中傳說的真實事件，那麼你能幫忙，那也算是為國家出了一份力，至於暫時受到袖珍棺材的輻射……」

藍山笑了笑，淡淡道：「呵呵，那不關我的事，自古至今，綜觀歷史大事，有哪一件不是許許多多人的性命填出來的呢！」

這話說得雖然淡漠，冷酷，但卻也是事實。

老爺子盯著周宣，沉吟了一下才問道：「小周，小藍曾是我手下帶出來的一個兵，我之所以跟你這樣說，還是要徵求你自己的意見，你願意的話就幫這個忙，不願意的話，就當沒提這個事，你考慮一下！」

老爺子的眉頭深皺，雖然從職位上退下來，但若國家真有什麼事，卻依然放不下，口裏雖然這樣說，但意思卻明顯是希望周宣能出手幫這件事。

老爺子是明白周宣的能力的，有他這麼特殊的人出手相幫，那事情的安全性和成功性就大得多了。

周宣咬著下唇，心裏猶豫著，瞥著眾人一一瞧過去，老爺子和藍山是懇切的目光，傅盈卻是擔心，魏海洪皺眉，魏曉晴表情則有些古怪。

魏海洪伸手在周宣肩膀上輕輕一拍，道：「兄弟，別勉強，一切按著你心裏想的決定，沒有人會強迫你！」

周宣嘆了口氣，想了想，難道自己以後就完全依靠魏海洪嗎？倒不是說他對自己不好，但有個屁大的事解決不了就要找別人幫忙，那是極不好的。雖說自己相信魏海洪絕對不會害他，但把自己一家人的安危放在別人身上是很危險的事，如果魏海洪哪天出事了怎麼辦？老爺了這麼大的年紀，隨時老死都是極正常的，如若老爺子一倒，魏家以後的情況也不一定就順心順意。與其把家人的安危置於別人之手，倒不如自己打些基礎。

這個藍山顯然不是普通人物，如果自己幫他做一些事，只要是力所能及且不危及自己的安全的事，那都可以。如果結交了這樣一個實權人物，以後自己的事倒也有個說頭，不用求人。

思慮了一陣，周宣才抬頭對藍山道：「好，我答應你！」

藍山微笑著伸手道：「謝謝你答應，也很高興認識你！」

周宣跟他握了握手，然後又道：「不過，我也有幾個條件！」

老爺子見周宣答應了，倒是鬆了一口氣，咳了咳，說道：

「小藍，你我倒是放心得過，不過你要給我保證，無論在任何情況下，你都要首先保證小周的安全，把他好好送回到我這兒！」

「您老就放心吧！」藍山笑笑說，「小周有什麼條件，你說吧。」

周宣想了想才說道：「那好，我就說了，第一，我只做我辦得到的事，辦不到的事不

做；第二，我不加入你們國安內部，事情一完，我就回我原來的位置；第三，完事後，關於我的事和行蹤，你都得替我保密，不能記載不能報告，不能透露。換句話說，我只是跟你們走一趟，這個你能答應麼？」

藍山笑笑道：「這些都不是問題，我以為你會提出更難的要求呢。呵呵，很多人第一個條件提的就是報酬，對於這個，你有考慮沒有？」

「報酬？」周宣啞然一笑，如果為了報酬，他才不會跟他們去呢，憑自己冰氣的能力，要賺錢，那還不是手到拿來。賺錢的事，現在對他已經沒有任何刺激了。

「報酬就算了吧，我對這個沒什麼念頭。嗯，要從什麼時候開始？」周宣問，估計還得回家準備一下吧，帶點衣服什麼的。

「最好是現在就開始。」藍山說著就站起了身，「這件事情十萬火急，你現在就跟我走，什麼東西也不用準備，要用的我們都會準備。」

魏海洪詫道：「現在？你早準備了嗎？」

藍山這才笑了笑道：「老爺子、老三，我現在告訴你們，事實上，京城軍區機場已經有一架飛機在等著我們了！」

老爺子捏著拳頭在茶几上一捶，罵道：「好你個小子，果然是設了套等著我們鑽……給我趕緊滾。」

第五十二章

盜墓傳說

李權祖上流傳下來的遺囑跟藍山所說的秘聞有一點吻合，

那就是「偃師屍鄉溝古城」應該確實存在過。

周宣聽得有如天方夜譚一般。

是真的寶藏，還是天外異石？是傳說故事，還是真實的歷史？

傅盈皺著眉很不高興，周宣拉著她的手，湊到她耳邊輕輕說：

「盈盈，這事躲不過。不過你放心，危險的事我不會幹。你就陪我媽媽、妹妹好好玩吧。有機會我會打電話給你，我馬上回來。」

傅盈咬著唇沒說話，神情很是古怪，也沒說同意，也沒說不同意。

在別墅外邊，有一輛黑色的奧迪車停著。藍山帶著周宣到車邊拉開了車門說：「小周，請吧。」

車窗全是不透明的深色玻璃，也瞧不進裏面。周宣上了車後，見前面只坐了一個開車的男人，沒有其他人，而藍山上了車，打了個手勢後，前邊那個男子立即把車開動起來。

這時候，周宣才瞧著藍山說道：「藍山，我想你是有備而來的吧，我只是奇怪，你怎麼知道我的？」

藍山笑笑道：「我們國安局是幹什麼的？呵呵，其實我並不知道你，但曉晴好端端的沒事，這就肯定有原因，而且這個關鍵的人一定就在老魏家，所以我直接過來了。」

周宣嘆了嘆，個人對這種龐大機構顯然是沒有反抗之力的，嘆著氣又問道：「藍山，你是做什麼職務？管什麼事？」

「呵呵！」藍山笑道：「其實我的職位也不怎麼高，我姓藍，藍山這個稱呼只是我的同事喜歡這麼叫而已，你也可以把我當成看電梯的，很高很高層的電梯！」

藍山避而不答，周宣也懶得再問。奧迪不知道往哪個方向開去的，大約過了二十來分鐘，車子停了。

周宣下了車四下裏望了望，這是地下車庫，根本就瞧不出是哪裡，藍山走到電梯邊按了扭，轉頭對周宣道：「請吧。」

在電梯緩緩上升中，周宣越瞧越覺得藍山神秘難懂。

電梯停在十四層，門開後，周宣跟著藍山出了電梯，電梯外面的走道中，居然只有一道房間的門。藍山在門邊牆上的顯示幕上伸出手掌按了按，這個周宣懂，指紋識別。然後又是視網膜識別，門開了，裏面頓時寬敞起來，無數忙碌的人，無數的辦公間，這倒是跟普通的公司裏沒什麼區別了，都在辦公做事。

過往的男男女女見到藍山時都很恭敬地叫了聲：「藍山！」

沒有人稱呼他的職位名稱，看來確實是這麼叫習慣了，周宣淡淡笑道：「藍山，你這個高層電梯看守得不錯！」

藍山笑了笑，帶著他再往前走，轉右側推門進了一間辦公室。

辦公室不算太大，三十來個平方，一張辦公桌，辦公桌上有台顯示器，桌邊有兩個人立櫃，房間有幾張板椅。

件。」

藍山打開電腦，又指著椅子說：「你先坐下，我們還有四十分鐘時間，需要給你辦些證件。」

藍山說完，抓起桌子上的電話撥了一個號碼，不過沒說話又放了下去。

不到一分鐘，外邊就敲門進來一個三十來歲的中年女子，手裏提著一個相機。

藍山指指牆邊：「小周，給你照張證件相。」

那女子請周宣坐到牆邊，調整了一下姿勢，然後給周宣照了兩張相。

等那中年女子出去後，周宣才問道：「藍山，還需要辦什麼證？不會是假的吧？」

藍山笑笑道：「在某種形勢下，比如說身分，那就是假的，但對證件本身來說，它又是真的。這個意思，你懂麼？」

周宣苦笑道：「我懂，假身分，真證件！」停了停又問道：「我還是很奇怪，你從頭到現在都不知道我到底是幹什麼的，也不知道我怎麼治好曉晴那病的，難道你就不問我？」

藍山聽周宣這樣一說，臉色倒是嚴肅地點點頭，道：

「你問得好，我不是不奇怪，我給你稍稍解釋一下吧，第一，你是老爺子的人，那我就什麼都不用問，完事之後，我會把你完好交回給他。對於老爺子，我想我不用給你解釋他老人家的能力了吧？」

停了停又道：「第二，事情緊急，容不得再有拖延，我這兒基本上都彙聚了最齊全的資料。曉晴是昨晚發的病，你在老三家裏，看樣子需要準備的，你那兒都已經有了，我們走的時候你沒說話，老爺子也沒有提起讓你帶什麼，想必你根本就不需要任何東西吧？所以一路上我也沒問你要準備什麼東西。要準備的，只是我認為需要的。」

這個倒是！不說別的，在電影裏，周宣可是見得多了，這些特殊機構裏的人，那比警察的職權可是大得多了，大到什麼程度可是不瞭解。

說話的這一會兒，藍山抬腕瞧了瞧時間，剛好十分鐘，門口就響了下敲門聲。那個中年女子又進來，遞給藍山一疊證件本子，然後點點頭又退了出去。

藍山把證件遞給周宣，周宣接過，一個一個瞧了一下，身分證、工作證、護照，最後一個竟然是持槍證！

周宣訝然道：「這一趟要出國嗎？還要給我槍？我可不會用！」

藍山笑笑道：「不出國，但要以防萬一，別事到臨頭時又麻煩。持槍證明不是要你一定拿槍，但如果萬一遇到什麼危險，你搶到對手的槍開了槍也沒問題。這些都是用來以防萬一的。」

周宣瞧了瞧身分證，照片是自己的，但名字卻是改成了周先，工作證上面的單位上寫著國安特勤組，還有一個鮮紅的印章，這個證件可是到哪兒都很好用的。

周宣想著，要是當初回老家時有這個東西，搶了張所長的槍再崩了他的電腦，這老烏恐

怕是屁都不敢放一個的。

周宣想歸想，還是希望儘快幫忙辦完事，盡可能不暴露自己的能力，以免節外生枝。

藍山打開櫃子。櫃子裏面不是文件，全是些裝備：防彈背心、槍套、皮帶等等，但沒有槍。

挑選了一下，藍山取了一件背心出來，又拿了副皮帶槍套遞給周宣道：「穿上吧，這背心可是最新科技，很舒適柔軟，還能防一般的手槍子彈和匕首短刀的砍戳。」

周宣也不客氣，穿就穿吧。既然要辦的事也沒有什麼安全保證，這一類保障可是越多越好，逞英雄講不得客氣。

周宣脫下外衣套上了背心後，拿起皮帶槍套詫道：「這東西也要麼？我又沒有槍！」

藍山點點頭道：「要！」說著拉開辦公桌抽屜，拿了一支形狀樣式很新穎的手槍遞給他。

周宣接過了手槍。這手槍也做得太漂亮了，好像槍管前端的槍口上還有個小燈孔，難道是紅外線瞄準裝置？

藍山笑笑道：「把它放到槍套裏吧，反正你有持槍證。這個其實也不是手槍，是最新型的高壓電擊槍。槍管前邊有個小燈，可以當手電筒照明使用，並且可以在瞬間射出高達三百萬伏特的超高電壓。這可不是你見過的警察或者銀行保全用的那一種，那些是棍頭正負極電流碰撞而產生的電流，這種是可以把強電流射出一米開外，也就是說，你能在一米遠的距離擊倒你要制服的目標！」

「呵呵！」周宣笑著把這把電擊手槍拿過去插在槍套中，這可是好東西，比真槍更好，不用殺人就能幹倒對方。

把外套穿好後，周宣又把證件貼身放在了衣袋裏。

藍山走時，又叫了兩個男子，大約都是二十七八歲的樣子。不用說，看起來都是跟阿昌那種人一樣的氣勢，腰間腿彎處的衣服都是稍稍隆起。自然是套了手槍匕首之類的武器。

藍山簡短地給雙方作了介紹：「周宣、李勇、方建軍，加上我，這次特勤調查小組的全部成員！」

周宣跟他們握了握手，這倆人表情都很冷淡。不過想想也無所謂。這些都是殺人如咽口水般輕鬆的人，自己可不能跟他們比。只是特勤小組的人手是不是少了些？還是越多越好吧，人多力量大，好辦事，膽子也大。

藍山似乎是瞧出了周宣的心思，笑笑低聲道：「我們的人可是都能以一當十的，如有需要，我是可以調動當地武裝力量的，包括員警和武警。」

周宣呵呵一笑，倒也沒有說什麼。能調人就好，總得有人在前探路吧，像在美國那次，

雖然很心痛，很可惜，但也不能不說沃夫兄弟和愛琳娜不是給他們當了炮灰。如果少了他們幾個人，說不定就是自己、傅盈，又或者伊藤師兄妹會被怪獸吃掉。

去的時候仍然開著那輛奧迪。李勇開車，方建軍坐副駕駛座，藍山和周宣坐後面。

軍區機場守衛極為森嚴，幾乎是三步一崗五步一哨，他們這輛車經過了六七個檢查口才進入到機場內。

軍區機場要比北京和南方機場小得多，大多是小飛機，而且全是軍警標誌，直升機也有幾架。

藍山帶他們乘坐的飛機是一輛國產運七。機艙裏設置有三十二個座位，座位比一般的要大，可以放躺下來，很舒適。

機艙空間還略有餘地，顯然這飛機不是用來乘坐普通乘客的，估計就是給軍區首長或者像藍山這種高級特勤人員用的。

兩名飛機駕駛員不是特勤組的。在機艙裏，李勇和方建軍都是靠背躺著睡覺，周宣睡不著，坐飛機還沒坐過這麼少人的，沒有別的乘客也沒有空姐。

藍山笑笑問：「有點不習慣？很快就到，一個半小時。」

確實，一個半小時很容易就過去了。在洛陽機場下機後，出了機場大廳，居然有兩個人來接他們。

瞧著藍山又擺出高深威嚴的表情，周宣立即知道，這肯定是他一早就打電話通知過這邊的。上級高層到地方來，那不就是古時候所說的大內欽差到了?!

如果不是知道任務並不輕鬆，周宣倒是覺得有些愜意，看看來迎接他們的那兩個人的謙恭表情就知道，做欽差那是美差事。

來接他們的車是一輛十二人座的小巴。在路上，那兩個來迎接的人一直未跟他們說話，估計也是不敢隨便說話，免得惹禍上身。

地點是洛城公安局，跟周宣心裏猜想的一樣。

但在公安局下車後，局裏除了帶他們的兩個便衣員警，其他人都不認識。也沒有人打招呼，局裏來來往往的人很多。

直到進了局長辦公室後，那兩個接他們的人就不再跟進去。

辦公室裏一個五十多歲稍胖的男子站起身，跟藍山熱情地握了握手。

藍山向周宣介紹道：「小周，這個是吳局長。」

吳局長一臉笑意，跟周宣和李勇、方建軍一一握手，然後對藍山道：

「按你們傳來的指示，我們已經核實，兩個盜墓集團中，一個集團七個人全部死亡；另一個盜墓集團，四個人已全部秘密抓捕回來。死亡的七個人，有三個是從醫院拉回來的，有

四個已經埋了。家屬因為知道他們幹的事情，不敢報案，所以謊稱急病死亡，急急就埋掉了。這七個死亡者家屬俱未報案。」

藍山點點頭，然後道：「先看看死者！」

公安局大樓後面的另一棟，是刑偵技術處和法醫鑑定處，二樓有一間小型的藏屍間。

周宣他們四個人跟著吳局長來到藏屍間門口，叫值班的警員打開門，跟著來的還有一個驗屍法醫。

門一開，便有一股冷氣撲面而來。同時，周宣又感覺到了那種令他極不舒服的死亡氣息！

那個法醫一一拉開蓋在屍體上面的白布，露出一具屍體來。周宣瞄見這些屍體，口中哇的一聲，立刻便嘔吐出來！

吳局長有些奇怪地瞧了瞧他，看藍山的樣子又像挺重視他，但如果是國安局的秘密特勤組，那應該不會見個屍體就受不了吧？

周宣定了定神，這才道：「屍體身上的氣味就是那個東西，沒有錯了，我先到外面等！」

藍山微微一笑，點了點頭，也沒說話。吳局長還真是奇怪了。藍山的為人他是有幸見識過一次的，他的手下不可能會這麼孬種吧？連個屍體都不敢看。瞧瞧藍山，卻偏偏也沒有不高興的表情。

藍山看過屍體後，確定跟京城那些死者是一模一樣後才出來，然後又對吳局長道：「吳局長，屍體立即火化，對死者家屬要做好工作。對外，這個你知道，盡最大可能配合我們秘密處理，絕不能引起民眾的恐慌！」

隨後，藍山又讓吳局安排了一個秘密審訊室，用來審訊那四個盜墓集團。最先審的，是一個外號叫「地鼠」的人。他真名叫李權，三十六歲。他們這個集團一共有四個人，是一個家族。領頭的是他三叔李金龍，四十九歲。另外兩個，一個是李權的弟弟李飛虎；一個是他妹夫王德貴。

他們這個盜墓集團在整個河南一帶還頗有名氣。一是他們祖上，也就是李金龍的爺爺一輩，在以前也是赫赫有名的盜墓一族，二是李金龍技術也很過人，貨源真且多，是以很得買家和中間人的歡迎。

先審李權，這是藍山的慣例，因為李權的資料上說明，這個人個性畏縮，膽小怕死，先審弱的再審強的，容易得出想要的結果。

李權的樣子很猥瑣，賊眉賊眼的，兩顆眼珠子細得真跟鼠眼一般，身高大約也只有一米六，倒真是不愧了「地鼠」這個外號。

李權被帶進來坐在一張椅子上，四面強光照著，讓他有些睜不開眼。他手上戴著手銬。

周宣和藍山坐在他對面，李勇和方建軍則站在一旁。

藍山手裏拿了一疊資料，先是拿眼緊盯著李權。李權開始還裝作滿不在乎的樣子，但給藍山盯了幾分鐘後就有些軟了，眼神就有些閃躲。

偏生藍山一句話不說。這樣又沉默了幾分鐘後，李權就沉不住氣了，額頭上漸漸涔出汗水來。

這個時候，藍山收回了目光，照著手上的資料念了十幾條，周宣聽著無非就是某年某月，他們盜了哪裡哪裡，賣了什麼什麼的。

念了一陣後，藍山向他揚了揚手上的紙，道：「再下面，我就不念了，簡單地說一下吧。中小件不計，就珍貴的國寶級文物有四十七件，你知道嗎，憑這個就能判你死刑！」

藍山說著就站起了身，冷冷道：「槍斃，死刑，吃花生米。明白麼？」

李權在藍山步步緊逼下完全崩潰了。

「你們要問什麼我都說，我都說。」李權坐在椅子的身體都快癱了！

藍山繼續沉默了一陣，這一回，他倒不是想再恐嚇李權，只是在思索著先從哪個點問起。不過，藍山的沉默只會讓李權更加的害怕和恐慌，臉上的汗水如水珠子般滾落下來。

這個世界上，越是賺錢多的人也就越怕死，有錢人總是想方設法尋求長生不死的藥方靈方，不過，長生不死永遠只是個虛幻的傳說。

雖然長生不死只是個虛幻的傳說，但那些有錢人還是好吃好喝好補的讓自己多活幾年。像李權這樣的人，盜了無數墓，賣了無數的古玩珍寶，也賺了不少死人錢，幹的是這樣的活兒，當然也會有一些心理準備，平時就會更加想著活得瀟灑一些，錢賺得再多，如果沒命享受，那還不是等於沒賺到！

藍山淡淡道：「那你就說吧，可以按你交代的內容來減輕對你的刑罰。」

李權一聽到可以減輕刑罰，精神頓時爲之一振！這句話是他目前最願意聽到的，擦了擦汗水，趕緊道：「我，我從哪兒說起？」

「你說呢？」藍山淡淡笑了笑，反問了一句。

藍高層莫名高深的話自然讓李權誠惶誠恐，立即如竹筒倒豆子般一股腦兒地倒了出來，不過都是某年某月某日，他們一夥掘了哪裡哪裡，得到什麼什麼，又在哪裡哪裡賣了給某人。

藍山皺著眉頭，想要知道的事情，他一句都沒有說出來。他說的這些對警方來說倒是有極大的價值，可他對這些不感興趣，警方能抓幾個文物販子他可不在乎。

李權把自己認爲最有價值的一些盜墓行爲說了出來，但見面前這個陌生的神秘人物面色並不善，似乎不滿意自己的話，心裏倒是更加害怕了，努力在腦子中想著，看還有沒有可以說的。

不過他也很奇怪，警方審訊都得做筆錄吧，這可是證據，可這幾個人居然沒有一個筆案。他說的話既沒筆錄，也沒錄音，很奇怪。但是就算奇怪，他也不敢說不敢問。

藍山見李權實在想不出什麼來了，這才冷冷道：「李權，李新原這個人你認識不？」

「李新原？」李權怔了一下，隨即點了點頭：「認識，算起來，李新原的祖上跟我的祖上是同支。不過在百年前因爲什麼事情起了分歧，而分成了兩支。一直到現在，我們這兩支人都互不來往。他們做他們的。我們做我們的。」

李權說完望著藍山，有些不解，爲什麼把話扯到李新原身上了。

「沒有再說的了？」藍山冷冷道，「如果你沒有再補充的了，那談話就此結束。」

李權又慌了，趕緊道：「你們要問什麼，就提個醒吧，我實在不知道你們要問什麼，應該說的我都說了啊。」

藍山瞧他這個樣子，倒也的確不像是裝樣子，便道：「李新原的集團，七個人都在前天死了，這個事你聽說了沒有？」

「都……都死了？」李權張大了嘴，無比驚訝！

這個樣子絕不是裝出來的。要說能在這一剎那裝了這個樣子出來，那他就不用盜墓了，直接去拍戲拿最佳影帝獎了。

愣了一陣後，李權又問道：「他們……是怎麼死的？」

「這個我們還在調查之中。」藍山當然不會說他們的死因，如果李權他們自己知道，那又是另一回事，但估計他是不明白的。

「對於李新原的事，你有沒有再說的？」藍山又問了問。

到這時，李權才大致明白了，原來藍山他們這幾個人只是想從他這兒瞭解李新原的事情，頓時大為懊悔，之前真不應該說了那麼多事出來，現在落了口實在人家手裏了，而且三叔李金龍知道了，那以後自己的財路可就斷了。可是面前這個人問的問題他還得好好回答，否則就是眼前便逃不過去。

「李新原雖然跟我們同宗，但從祖上到現在，我們都沒有打過交道。道上的事，基本上我們參與的，他們就退出，他們參與的，我們就退出，連頭都沒碰過。」

李權仔細想著回答，但這樣的話，能讓面前這個黑面虎滿意嗎？估計很難！

藍山當然不滿意，哼了哼然後才說道：「偃師屍鄉溝古城，這個傳說，你知道嗎？」

藍山這話一說，李權面色突地大變，霎時間從椅子跳了起來，顫聲道：

「你，你怎麼知道？」

「你別管我是怎麼知道的。我只問你，你知道不知道？知道多少？」

李權臉上神色一陣變幻，青一陣白一陣的，然後又緩緩坐下來。

李權沉默了半晌才長長嘆了一口氣，嘆道：「既然你們連偃師屍鄉溝古城這個秘密都知

道，那我也沒有什麼好隱瞞的了，我跟你說了吧。」

說著，李權又嘆了口氣，這才緩緩說了起來：

「這個秘密只有我李家最核心的嫡傳才知道，每一代都只有一個人有那張圖。年代遠了，知道的人也就越來越少了，我也是聽我爹說起過。

三千六百年前，我們祖上有一個老祖宗，是個工藝技術極高的工匠，尤其精擅墓穴風水。當時的商王子湯徵召了全國數千名高手工匠到偃師屍鄉溝，也就是今天的洛陽，來建一個超乎想像的巨大墓穴，我們李家的祖先算是當時的工匠領袖人物，自然也被徵召去，但當時去之前，老祖宗擔心出事，便把一張墓穴機關圖留下來給兩個兒子。

當時子湯王派了重兵把守住洛陽，任何人不得進出，我們老祖宗和一班工匠在一年後完成了工程，但事後卻沒有一個工匠回來。而當時的偃師屍鄉溝古城的居民和我祖上那些工匠連同古城都莫名其妙的全部消失了，連任何隻字片言的記載都沒有。

當時，許多工匠後人便留傳了一個說法，那就是說，子湯王為他們歷代皇族建了一個巨大而又隱秘的古墓，裏面裝滿了無數的珍寶財物，當然，也有無數致命的機關和陷阱，而我們的祖上在修建完墳墓後，便帶著那張工藝圖遠走他鄉，待數十年後子湯王死後才再度返回，來尋找古城珍寶。

只是祖上那張圖只是墓穴建造工藝圖，卻不是古墓的地址圖，是以花了無數的心血和心力都沒有找到那個藏寶的地方，因爲那個傳說並不止我們李家，在當時，那數千名工匠的後人中大多有流傳。來尋這個寶藏的人自然也是不少，但終究是沒有任何人尋到。」

藍山的面容沒什麼變化，周盲卻是聽得有如天方夜譚一般。是真的寶藏，還是那天外異石？到底是傳說故事還是真實的歷史？

但看來李權的祖上流傳下來的遺囑跟藍山所說的秘聞卻又不盡相同，但有一點還是吻合，那就是「偃師屍鄉溝古城」應該確實存在過。

藍山沉吟了一陣，然後才問道：「你們可有曾找到些線索？」

李權搖了搖頭，道：「我們祖上一直到現在的子孫，無不都在努力尋找這個寶藏。如果真找了出來，那可是富可敵國的財富啊，誰不想找到呢？」

「那我告訴你一件事。」藍山盯著李權，目光凜凜地道：「李新原一夥就已經找到了那個古城的秘址，並且帶了一些文物出來。」

李權又一怔，道：「真的？那他們的死就多半是有道上的人見財起意了。人爲財死，鳥爲食亡，畢竟這個藏寶太巨大了。因爲這是一個城，一個城的財富得有多大啊？」

想了想，李權又搖搖頭道：「不過，我難以相信，我們祖上遺留下來的只有一幅工藝圖，李新原他們那一支人極有可能也有這張圖，但若說藏寶地址的事，那跟我們知道的是一樣多，難以想像他們會比我們更先找到。」

藍山盯著李權的眼睛，對方是否說謊或者有其他用意，他是極有經驗的。他的眼睛就好比一台先進的測謊儀。

只是幾秒鐘，藍山便感覺到，這個李權沒有撒謊。他確實不知情，就算知道，那也就是這麼多了。

沉思片刻，藍山又道：「李權，我有個提議，你回去跟你三叔幾個人商議一下，你們跟我們一起聯手找到那個藏寶地址，而我給你們的報酬，就是將你們的往事一筆勾銷。」

李權呆了呆，藍山的話不知道是真是假，這是真的條件，還是個陷阱啊？

藍山淡淡道：

「你懷疑也沒有用，我告訴你，你們只有兩個選擇，一是跟我合作，然後正大光明，瀟瀟灑灑地活著；二是，你就在牢獄中等著吃槍子吧。」

藍山說完就站起身，招了周宣、李勇和方建軍準備出去。

李權有些慌亂，想出聲又不知道應該不應該。

藍山回身又對他說道：「你現在不用回答，你回去跟他們商量好。三個小時後，我再來問結果！」

從審訊室出來後，周宣才不解地問藍山：「那個李權顯然都已經崩潰了，爲什麼不直接同他談好，還要等三個小時呢？」

藍山笑笑，淡淡道：

「因爲李權無足掛齒，但他的三叔李金龍可是個人物。李金龍對於盜墓可是有很深的功夫和技術，這才是我們需要的。但李金龍可不像李權這般好說話，讓李權先給他們帶個信，有幾個小時的時間考慮清楚，讓他們有個接受的過程，應該是沒什麼問題的。與其現在把他們傳來磨嘴皮子，還不如讓他們自個兒精神上折騰去。主動接受和我們談攏過來讓他們接受，那可是兩回事，把主動權掌握在自己手中強得多。」

周宣恍然大悟，不禁佩服起藍山的心機之深，想了想，又問道：「如果他們答應的話，你是否會守信……」說到這兒，周宣似乎覺得自己這個問題根本不應該問，也就硬生生地把後面的話吞了回去。

雖然沒說出來，但藍山顯然明白周宣的意思，淡淡道：「你的意思我明白，他們提的條件，我當然會信守，但也是有限制性的。」

藍山瞧了瞧周宣，笑笑說：

「打個比方，好像一個小偷吧，被抓了，坐了五六年牢，然後放出來，又沒有別的能力，又找不到工作，又沒有親人願意幫助他，那他就只能依然做回小偷，又或者，他根本就嫌棄別的工作太辛苦太勞累，賺錢又不多，改不了享樂的習慣，但只要他再偷，那他的結局依舊是監獄裏面，我的意思就是這樣。」

周宣嘆息了一聲，雖然有些寒心，但卻也是事實。如果李權他們能做到以後不再幹這一行，老老實實過正常人的生活，那或許還能逃得過吧，但路是人家的，誰知道會怎樣呢？

嘆息了一聲，周宣微微搖了搖頭，得過且過吧，別人的事也輪不到他來過多操心，也說不定這次沒有什麼危險呢，不就是一個古墓嗎，找不找得到都還是一個問題呢，想來不會有美國天坑陰河之行危險吧？

第五十三章

古城遺址

藍山自然是對文物販子和盜墓賊沒有多大興趣，
他關心的只是寶藏位置，也就是偃師屍鄉溝這古城遺址，
能夠找出來這才是關鍵。而且連出手的中間人也死了，
這引起了他極大的好奇心。

不久，吳局長帶了一個二十來歲的年輕女孩子過來，介紹給他們。

這個女孩子名字叫凌慧，二十一歲，剛從警校畢業，分在下屬縣分局裏做後勤。

圓圓的臉蛋，俊眉俊眼，短髮，身高約爲一米六五，看起來很精幹。被吳局長叫進辦公室裏後，她對藍山和周宣他們四個人敬了一個標準的軍禮，叫道：「首長好！」

在之前，吳局長早給了她囑咐，這些人都是京城下來的高層，她的責任就是配合他們工作，因爲她是本地人，與本地人打交道會好很多，其他的事不用管，藍山這邊讓她做什麼就做什麼，需要什麼就給自己報告，局裏會調派。當然，除了配合以外，這個任務是重大的絕密任務，她還要保守一切秘密。

凌慧接到任務通知時，便興奮得不得了。在學校，她可是以第三名的高分畢業的，一個女孩子能拿到這樣的成績可不簡單，要知道，警校中百分之八十五以上都是身體強健的男生。

而且，凌慧在實習的時候，是到地方上的派出所中做社區民警助理的，幾個月裏，成天打交道的就是老頭老太婆、大人小孩的雜事，與她想像中的激動場面大相徑庭，連反扒隊也沒能讓她進去。

畢業後又分到縣局搞後勤，更是鬱悶。這次不知道爲什麼，吳局長在人海茫茫中竟然把她給挑了出來，參加這個秘密任務，她心裏的激動簡直是無法言語。

凌慧的動作和語言讓周宣有些好笑，笑道：「我不是首長，你以後叫我小周就可以了！」

「是，首長！」凌慧又單獨向他敬了一個禮說道。

周宣頓時搖了搖頭，再也不說什麼。現在的學校，都快把人訓練成機器了。

藍山對凌慧的問好微微頷首，李勇和方建軍卻是冷冰冰毫不理會，倒是更像機器人一般。

吳局長又給他們安排了一輛別克子彈頭商務車，方便他們行動。藍山對吳局長笑笑擺擺手。

領了幾個人上了車後，凌慧坐在駕駛位上轉頭問道：「首長，要去哪兒？」

「先找個酒店。」藍山示意她開車。

凌慧帶他們到洛城大酒店開了五個豪華單人間，當然，她只是帶路，開房的是藍山，包括給她也開了一間。

在進入各自的房間後，周宣出來敲了敲藍山的房間門，然後推門進去。

藍山瞧著他微笑著說：「在車上就見你有話想說，呵呵，什麼事？」

「是這樣的，」周宣走到藍山對面的床邊上坐下來。「在局裏見到李權他們後，我就想

到了兩個人，也是河南這邊幹這一行的高手。我想，如果有意找盜墓高手的話，這兩個人也許合適。不過，請人幫忙，條件自然也是有講究的，不知道成不成？」

周宣想到的是上次在南方魏海洪的別墅中見到的王強、王勝兄弟倆，聽洪哥說過，這倆人在盜墓方面是把好手，路子也廣。

藍山笑笑的說：「當然願意，像這樣的好手我是來者不拒，條件的話，好說。你說的人，我們是用請的，人多，高手多，能成事的可能性也就更大，這是我們願意見到的。」

周宣當即點頭道：「那好，我打個電話，這兩個人需要洪哥去聯繫，是他認識的。」

藍山怔了怔，道：「老三的朋友？」

「是什麼關係我也不清楚，反正我也是在洪哥那兒認識的。」周宣指著房間裏的電話說著，「我打電話了。」

藍山示意他隨便。

周宣撥了魏海洪的電話，當魏海洪聽到周宣的聲音時，立即急急說了話：「兄弟，你怎麼才打過來？我一直在等你的電話，曉晴那丫頭又跑了！」

周宣怔了怔，問道：「曉晴又跑了？又去紐約了？」

「倒不是紐約，這回沒那麼離譜，是到洛陽去了，估計是找你們的，想弄明白那袖珍棺材的事吧。老爺子擔心得不得了，好在你們也不可能馬上有線索，你趕緊截住她，我明天就趕過來。」

魏海洪悻悻地說著，沒等周宣說出話來，他又道：「兄弟，你也別覺得輕鬆，曉晴不是一個人來的，還有你那個女朋友，倆人一塊兒溜了。」

周宣頓時傻了！在魏海洪那兒走的時候，就覺得傅盈的表情有些怪怪的，原來那時候她便存了心要跟過來，難怪自己讓她好好在家裏時，她也沒怎麼反對，甚至連臨別的囑咐也沒說一句，這可不像她。

不過雖然惱火，但心裏卻是有股甜甜的味道。傅盈任性地跑來，顯然是捨不得他，怕他有危險，想來如果自己有危險出了事，她又怎麼能忍受。以她在天坑陰河水洞中的表現就可以肯定，生與死，她都會跟周宣在一起。

只是料不到她怎麼會跟曉晴一起跑的，曉晴跟她是互瞧不順眼的，能在這時一起溜掉，倒是有些奇了！

周宣想了想，趕緊又對魏海洪道：「洪哥，還有一件事沒跟你說，就是我跟藍山建議，想請王強和王勝兄弟倆來幫忙，不知道他們會不會答應？這個想請洪哥聯繫一下，當然會給他們一些有利益的條件。」

「這事你不用管，我知道了，明天我來辦。」魏海洪一口答應，囑咐了周宣一聲，然後就掛了電話。

周宣放下電話對藍山說：「洪哥說，明天他親自過來辦理，還有，」瞧了瞧藍山訕訕地道，「我女朋友和曉晴都溜過來了，我得先找到她們的行蹤。」

藍山在他打電話的時候便聽到了，笑笑道：「行，等一下你帶凌慧跟你一起辦這事，找到後就帶回這裏來住著，我跟李勇他們兩個到局裏談李權的事，下午仍舊在這兒會合。」

說完，藍山又遞了一支小巧的手機給他：「這個手機你拿著，防水的，裏面有我的號碼，方便聯繫。」

周宣接下來趕緊找了凌慧。

說實話，凌慧對周宣的印象最好，那個藍山很神秘，另外兩個冷冰冰的，好像殺手一樣，只有這個說自己不是首長的年輕人表情最和藹。

周宣來找她，她當然是興沖沖滿口答應，當即打了個電話給局裏。吳局長給了她一個專線號碼，是專門爲藍山的小組提供服務的。

凌慧讓總局那邊先查一下北京到洛陽的航班時間，然後對周宣說：「航班到達的時間是午後三點十五分。離現在，」她說著看了一下手錶，「還有三十六分鐘。如果現在趕往機場的話，大約需要二十八分鐘，可以截到她們。」

周宣哪還用想，直接招呼凌慧趕緊走人。

藍山和李勇、方建軍三個人都在休息。還有兩個多小時才到局裏那邊去，夠時間趕回來。

凌慧的確很能幹，周宣什麼都沒操心，不到二十八分鐘便趕到了機場，兩個人在機場大廳裏的通關處等著。

不到十分鐘，北京到洛陽航班的乘客就從通關處出來了。

凌慧不知道周宣要截住的這兩個乘客是因爲什麼事，有些緊張地低聲對周宣道：「首長，沒有佩槍給我，需不需要增添人手？」

周宣有些好笑，也不好跟她說什麼，就道：「不用擔心，這兩個是自己人。」

凌慧這才鬆了口氣，表情也放鬆起來。

老遠，周宣便瞧見了傅盈和魏曉晴兩個人從通關口出來，倆人都是空著手，什麼行李都沒有。

魏曉晴也早瞧見了周宣，笑嘻嘻地道：「唉，剛到就被逮到了！」

周宣哼了哼，還沒有說話，魏曉晴便跑過來搶著道：「別給我說什麼大道理，要麼你就讓這趟飛機送我回去！」

周宣氣道：「你以爲我是航空公司的老總啊？跟我走！」

說著話，周宣伸手握住了傅盈的手，傅盈雖然沒說話，但表情卻是笑吟吟的，任由他拉著。

魏曉晴又哼哼道：「又來了又來了，噁心不噁心？晚上你們兩個膩在一起，我也睜隻眼閉隻眼裝沒瞧見就算了，這大白天的，拜託收斂一點好不好？」

傅盈頓時有些羞了，拉拉手她倒沒覺得怎樣，但魏曉晴說的她跟周宣晚上也膩在一起，好像有什麼姦情一樣，這就有些受不了，關鍵是還有一個外人在。

傅盈甩了甩手，但周宣卻抓得很緊，不讓她甩掉。

周宣對魏曉晴的性子也瞭解得多了，這時也不示弱，道：「你要是羨慕，也趕緊找一個不就得了，也噁心一回我。」

魏曉晴頓時啞了口，氣哼哼跺著腳大步走在了前面。

凌慧又驚訝又奇怪，驚訝的是，周宣來攔截的這兩個女孩子都這麼驚人的美麗，奇怪的是，她們兩個也是這次秘密任務小組的成員麼？不過局長吩咐過了，只做事不開口，也就忍住了不問。

在機場大樓外的路邊，凌慧把車開過來後，周宣拉開車門，讓傅盈先上車，然後對魏曉晴道：「曉晴，上車！」

魏曉晴站在路邊很倔地招手叫計程車，邊招手邊說道：「不去！」

周宣急了，走過去拖著她強行往車上推，然後自己上車把車門緊緊關上。

魏曉晴獨自在座位上嘀咕：「你憑什麼管我，你又不是……」這句話沒說出口便咽了回去。

周宣沒心情跟她瞎扯蠻纏，說道：「你爺爺和你小叔委託我，你說我能不能管你？」

聽到提起老爺子，魏曉晴便沒再吱聲。

凌慧開著車從北郊機場出來，依舊上了連霍高速，一路向東。這回速度慢了些，不用急著趕路，花了半個多小時回到了洛城人酒店。

周宣只開了一個雙人間，把傅盈拉在後面悄悄道：「盈盈，你幫我看著她，明天洪哥到了就交給他。」

傅盈笑著點了點頭，見到周宣的感覺真好。

周宣嘆了一下，瞧著傅盈笑吟吟的表情，附在她耳邊又悄悄道：「盈盈，其實我好想你啊！」

傅盈臉紅了一下，抓著周宣的手卻是握得更緊了些。

看來是有些進步了，以前他說這些話的時候，傅盈是要甩手的，現在居然還抓緊了些，周宣心想，甜言蜜語或許就是這樣練成的。

魏曉晴是極不情願跟傅盈一個房間的，不過傅盈也不理她，反正是雙人間，占了一個床位就得了。

魏曉晴發著脾氣，一會兒開電視，一會兒在床上扔枕頭，傅盈毫不理會，自顧自坐在床上看書，任由她鬧著。魏曉晴見傅盈不跟她鬥氣，也就洩了氣，坐在床上生悶氣。

傅盈這才微微一笑，說道：「曉晴，你來這兒是想弄清袖珍棺材的事情吧？像你這樣小孩子氣，他們能留下你？」

魏曉晴乾脆背對著傅盈躺在床上，不過氣倒是沒那麼大了。

下午三點鐘後，凌慧同藍山以及李勇、方建軍四個人開了車回局裏。

睡了一覺後，周宣把傅盈和魏曉晴請到樓下餐廳吃了一頓，天也差不多黑了，傅盈和魏曉晴依舊回了房間。

周宣在房間裏沒有坐到五分鐘，手機便響了，不用看，只會是藍山來的電話，這是他給的專用手機，除了他沒有別人知道這個號碼。

「馬上出來，我們在酒店門外等著。」

果然是藍山的聲音，不緊不慢的，也聽不出是不是緊急事。

周宣想了想，也沒有去驚動傅盈和魏曉晴倆人，摸不清是什麼狀況，暫時不通知她們比較好。

在酒店門口，除了原來的那輛別克商務車，另外還有一輛白色麵包車，茶色玻璃裏面能模糊地看到似乎坐了好幾個人。前排倒是看得到，因爲玻璃放了一大半，開車的是李勇，副駕駛座上是方建軍。

周宣上車坐在藍山身邊，低聲問道：「藍山，現在去哪兒？」

「偃師，李新原家。」

藍山淡淡說著，周宣卻是有些意外。李新原是這邊報上去的七個死者之一。

「李新原和另外六名死者家中都已經過仔細檢查搜索，也通過儀器的檢測，確定沒有袖珍棺材類似的輻射源。不過，在他們這幾個人家中抄出了不少的古文物。」

藍山說了說，然後又對前邊開著車的凌慧說道：「小凌，你是洛陽本地人嗎？」

凌慧回頭示意了一下：「是啊，我就是平樂鎮人，本土本生的洛陽人。」

「那你可知道偃師屍鄉溝古城的來歷？」藍山又問道。

「偃師屍鄉溝古城？」凌慧想了想才回答道，「洛陽的古遺址非常多，比如隋唐城遺址，北魏水泉石窟，夏商二里頭遺址，漢魏洛陽城，李密城，靈台，偃師商城宮城遺址等等，屍鄉溝有這個地名，但是沒有確切位址，這只是一個古老的傳說吧。

相傳商時期，在偃師有過一場大戰役，死傷無數，屍橫遍野，戰況極爲慘烈，因爲死的人太多，沒辦法一一埋葬，就挖了一條大溝將死人埋在裏面，所以命名爲屍鄉溝。現在屍鄉

溝在偃師縣西城。

偃師有很多古遺址，政府不允許在這一帶建高層建築，空了很多地方，但屍鄉溝就只是一個傳說，現實的屍鄉溝是沒有溝的。」

凌慧開著車從連霍高速上一直往東，在首陽山路口便轉道往南，沿著三一〇國道前行，沒多久便進入了偃師境內。

李清原的家並不在偃師城裏，而是在縣城西郊外四五公里外的郊區，一棟三層樓的小洋房，外觀瞧起來很不錯，在附近的房子中，算是很突出的建築。

李勇和方建軍以及李權、李金龍那四個人都待在車上沒動，這是藍山吩咐的。到李清原家的，只有藍山、周宣和凌慧三個人。

李清原家裏就只有妻子和兩個兒子，大兒子十四歲，小兒子八歲。李清原的妻子大約三十七八歲，眼睛哭得紅腫腫的。

凌慧向她亮了員警的證件，說道：「我們是公安局的，向你調查一下你丈夫的死因和一些細節，希望你能配合我們的工作。」

李清原的妻子自然知道她丈夫是幹什麼營生的，丈夫死後又給抄了家，還不知道家裏會受到什麼處罰。丈夫死了，自己和兒子以後怎麼生活，種種問題讓她心力交瘁，凌慧的話讓她又止不住哭泣起來。

「知道的，我都已經說過了，不知道的，你們問我也沒有用！」李清原的妻子一邊哭訴，一邊把她兩個兒子推回房間裏去，然後拉上了門，不讓兒子聽到這些事。

「我丈夫幹的什麼事我也知道，也勸過他不少次，想安安穩穩的過日子，但他就是不聽，結果就出事了！」李清原的妻子抽泣著說，「我只希望我兩個兒子不要再走他們爸爸的老路，就算窮一些都無所謂，只要能堂堂正正的過日子就好。」

周宣有些惻然，不過凌慧好像沒什麼感覺。在河南，盜墓已經成了一種風氣，文物商販的火爆也促進了盜墓者的更猖獗，一夜暴富的心理充斥在許許多多的人心裏，像李清原這種人，沒有一萬也有八千，沒有什麼值得大驚小怪的。

「你丈夫最近有沒有什麼特別的行蹤，或者與往常不一樣的情況？」藍山開口問道。

李清原的妻子瞧了瞧藍山，這才從他正宗的普通話中知道他不是洛陽人。

李清原的妻子想了一陣，搖了搖頭，說道：

「沒有什麼特別不一樣的，跟以前的情況差不多，有活兒幹的時候都是凌晨出去，大約四五點鐘回來。那天晚上我記得，比以前是早了一兩個小時，好像是十點一過就帶了他的工具包出去，另外還提了一捆繩子，早上五點過，快天亮的時候才回來，不過回來時沒有提東西回來，但瞧他的樣子又很興奮。

他回來睡了後，我送孩子上學，然後去了一趟我妹妹家，下午三四點鐘時我才回來，因

為我丈夫是過夜生活的人，白天睡覺，到下午才起床吃飯，晚上不幹活兒的時候也不睡覺，要麼跟熟人打牌賭博，要麼就在家看錄影帶。」

藍山又問了些別的，也沒問出什麼頭緒來，對李清原妻子的話，他覺得還算可信，也沒什麼好撒謊的，家也被抄了個乾淨，說得好的話，也許會瞧在她孤兒寡母的份上將房產留給她，否則連住的地方都沒有。

看樣子是不會有什麼有價值的線索了，藍山給凌慧遞了個眼色，凌慧便起身說：「那好，今天暫時就這樣了，我們回局裏，如果有什麼情況或者想起了什麼的時候，請打這個電話給我們。」

凌慧說著，給她留了一張只寫著電話的名片。

再回到洛城大酒店後，全部人都到藍山的房間裏聚集著，茶几邊的長沙發上就擠了李金龍、李飛虎、李權、王德貴四個人，李勇和方建軍坐在他們四個人的對面，藍山則坐在唯一的單人沙發上。周宣和凌慧就坐在了床邊上。

這算是第一次開比較正式一點的會議吧。

藍山對李金龍說道：「李金龍，你們李家祖祖輩輩都在找尋偃師這個古城寶藏的地址，我看，還是由你來說說看法吧。」

李金龍樣子很魁梧，臉膛黑黑的，也不知道是不是盜墓鑽地洞太多了的原因，但長期過夜生活長年不見光日，皮膚應該是白的才對，不過周宣想不通就歸想不通，也不需要搞明白這個問題。

李金龍摸著下巴，沉吟了一陣才說：

「我的祖輩是在尋找這個寶藏，其實也不僅僅是我們李家在尋找，還有許多對這個古寶藏動心的人也在找，其中不乏才能技藝都極爲高絕之人，但三千六百年來，經歷了幾十個朝代，無數能工巧匠幾乎將偃師地皮都翻了一個遍，依然沒能把寶藏找出來。說實話，我都懷疑這個寶藏的真實性，我們李家祖輩傳下來的，也只不過是一張機關圖，而不是藏寶圖！目前，有一絲風聲透露出來，聽說李新原找到了一個大寶藏，據透露這消息的人說，也不是很確定，但李新原在上週五，也就是大前天的凌晨出手了幾件商周時期的古器。也就這麼一傳，如今的洛陽偃師可是四方雲動，八方好手齊聚啊，別看表面上跟往常一樣，但倒騰文物的販子便比以往多了不少。」

藍山自然是對文物販子和盜墓賊沒有多大興趣，他關心的只是這個寶藏位置，也就是偃師屍鄉溝這個古城遺址，能不能夠找出來這才是關鍵。

李金龍沉吟著又道：「要說這個李新原他們找到了寶藏地址呢，我也有些懷疑，也有些相信，懷疑的是，你們也都明白，歷經了幾千年都沒被找出來的東西，又豈是那麼容易被發現的？我有些相信的是，李新原出手了幾件商周時期的古玩件，而且他忽然死亡，這個世

界，人爲財死，鳥爲食亡的事早已司空見慣，匹夫無罪懷璧有罪，有了大財自然就有了大風險。」

說起來，李金龍雖然很懷疑李新原是否找到了寶藏的真實性，但他們那個集團的七個人全部死亡，而且連給他們出手的那個中間人也死了，就這引起了他極大的好奇心，確實是像找到了寶藏而惹禍上身的了。

寶藏，確實是個殺器啊，既吸引人又有無比的凶險，就在他們心裏熱乎乎的時候，卻不想就被警方一鍋端了。

做他們這一行，其實都是在走鋼索，說不定哪一天就被逮住了，如果一翻船，以他們所幹的那些勾當，再出來可就千難萬難了。

所以，當李權回去給李金龍一說起藍山的條件時，他立時便做了決定，但又恨李權沒骨氣，把一鍋子事都吐了出來，雖然警方可能已經實際上掌握了這些事，但由自己人說出來，就覺得心裏窩了一股子氣，如果不是自己的親侄子，真想廢了他一雙狗眼。

與藍山的合作讓李金龍又高興又不安，與官府打交道是他們最不喜歡的事情之一，一來這是沒有任何保障的，二來，也是容不得他有第二個選擇，只能硬著頭皮做下去。老天爺保佑藍山是言而有信的人，也保佑能找到寶藏，就此與以往的生活隔絕。

藍山瞧著沒有多大進展，皺著眉頭道：「夜深了，大家先休息吧，明天再作打算。李勇，再給他們開四間房。」

凌慧也隨著李金龍他們一起出了藍山的房間，她心裏很奇怪，怎麼藍山他們淨是跟一些盜墓賊文物販子打交道？

藍山坐在沙發上，拿著電子錄音筆聽著在李新原家中錄下的與他妻子的對話，周宣笑笑說道：「藍山，能否把這個錄音給我晚上聽聽？反正我也沒事，看看能不能聽出點什麼有用的東西來。」

藍山點點頭，把錄音筆遞了給他：「你拿去吧，早點休息！」

周宣回到自己房間裏，躺在床上仔細聽了幾遍，依然沒有什麼頭緒，乾脆練起呼吸內息，將冰氣在體內運轉。

冰氣也恢復到了五六成的樣子，心裏不禁有些慶幸，那袖珍棺材中的死亡氣息真是厲害，以前自己損耗冰氣後，只要以呼吸內勁法門練一晚上，第二天便會完全恢復，這次可是過了兩天了，冰氣才恢復到六成左右，可以想像那東西是何等的厲害，怪不得自己只要一聞到那股氣息便難受之極。

第五十四章

祖傳古圖

李金龍將布包一層一層打開，
露出的是一面粗麻織成的一塊布，布上面是一幅圖，
周宣怔了怔，瞧了螢幕上那岩石壁上的五個字
跟這圖上的五個字竟然是一模一樣的！

第二天早上，才七點剛過，周宣想著還要給洪哥打一個電話，問他幾時到時，魏海洪卻已經到了！

去接他的是王強和王勝兄弟。早在昨天周宣給他打過電話後，他便聯繫了王家兩兄弟，有魏海洪出面擔保的事，王強兄弟倆人自然是相信。

在藍山房中，魏海洪與他見了面，藍山笑著跟他擁抱了一下，道：「老三，多謝你援手相助。」

「都是自家人，還說那些幹嘛。」魏海洪笑笑道，「再說，我來的一大半原因還是因爲曉晴那丫頭，老爺子擔心啊。」

隨即魏海洪又向他介紹了王強、王勝兄弟倆。

藍山跟他倆握了握手，在調集到的資料中，藍山也知道，這王家兄弟的名頭很響，又因爲魏老三的關係，所以對他們兄弟也頗爲客氣。

魏海洪把王家兄弟留下跟藍山交談，自己跟周宣到魏曉晴的房間去。周宣在她們的房間門上輕輕敲了敲，出來開門的是傅盈。

此時，魏曉晴正在床上躺著，悶著臉說：「小叔，你可別勸我什麼，無論如何，我都得弄清楚這件事的原因！」

魏曉晴的倔強讓魏海洪一時無可奈何，對這個侄女，來硬的肯定是不行，一年多前的事就是個教訓！

瞪了一會兒，魏海洪嘆息了一下，隨即軟了下來，說道：

「曉晴，你也這麼大了，不是小時候那個整日跟在小叔屁股後頭撒嬌的小女孩了！小叔不是來逼你的，不過爺爺擔心你，要小叔過來盯著你。要查可以，但不能干涉到人家，我跟藍山也熟，要不這樣吧，」魏海洪想了想又道，「我跟藍山說一聲，我帶著你，他們做事我們跟著，但不能插手，這可以吧？」

魏曉晴一下子從床上坐起身來，笑吟吟地道：「還是小叔對我最好！」

魏海洪哼道：「別跟我來這一套！」

周宣拉了傅盈到他的房間裏，坐在床上，瞧著傅盈嬌羞的臉蛋，忍不住在她臉上吻了一下。傅盈更是害羞，不過卻也沒有抗拒。

周宣見她臉紅得實在厲害，就不再捉弄她，起身拿了一罐飲料打開，在杯子裏倒了一半，然後拿過來給傅盈。傅盈輕輕喝了一小口，冰凍的飲料把她臉上的紅霞倒是消除了一些。

過了一會兒，才輕輕問道：「周宣，你們的事，有進展嗎？」

周宣搖搖頭，嘆息道：「有什麼進展？什麼進展都沒有，這可不比上次跟你去天坑陰

河，你爺爺還去過，知道地址，帶齊了東西直接過去就行，這次的事，連個影兒都沒有，誰知道寶藏古城會在哪兒？」

周宣有些苦惱，也不知道會要待到什麼時候，但又不能不等待。

傅盈也是嘆了一聲，柔聲道：「別著急，車到山前必有路嘛，再大的凶險，要來的就會來，要去的就會去。從古到今，凶險的大事還少了嗎？你瞧這個世界還不是依然好端端的嗎！」

傅盈倒是懂得安慰人，周宣笑了笑，道：「也是，過得去的就過，過不去的我想有什麼用？都說二〇一二是世界末日，呵呵，會不會就是因爲這件事呢？」

傅盈微微笑著直搖頭：「你也太會幻想了，世界哪有那麼多意外。我唯一意外的就是上次在天坑中遇到的事，其實在那峭壁上吊著繩索往天坑裏下去的時候，我就在想，這次會不會是世界末日了？你瞧，我們不是依然好好的嗎？」

周宣怔了怔，聽了傅盈剛剛的話有些感觸，腦子中覺得似乎有一個線頭在搖晃，但就是抓不住，他覺得這跟這次的寶藏有極大的牽連，但就是想不清楚是什麼！

怔了片刻，周宣忽然抓起桌子上的電子錄音筆打開，聽了起來。

傅盈覺得周宣的動作很奇怪，也沒有出聲打斷他。

周宣聽了一遍，然後又倒回去聽第二遍，直到第三遍的時候，聽到李新原的妻子說她丈夫十點多鐘出門，帶了工具，最後還拿了一大圈繩子，聽到這兒時，周宣猛然一拍大腿，喜道：

「我想到了，我想到了！」

傅盈愣了一下，隨即問道：「你想到什麼了？」

周宣興奮地站起身，伸嘴在傅盈唇上親了一口，拿著電子筆道：「我去找藍山說點事，我想到了一個問題，也許會有用處吧。」

傅盈給他忽然在唇上親了一下，退了一步瞪著他，又氣又嗔的，這傢伙是越來越大膽了！

周宣興沖沖地跟她揮了揮手，拿著筆出了房，在藍山的房間門上輕輕敲了敲，問道：「藍山，你在嗎？」

「進來吧！」

藍山的聲音略顯疲倦，幾日來的奔波和無功令他頗感身心疲憊。

周宣推開門，然後把門緊緊關上後，走到裏面。

藍山靠在沙發上，用手使勁揉了揉眼睛，嘆道：「毫無頭緒啊，好在只出現了一個袖珍棺材，這是不幸中的大幸，事情雖然急，但沒有再出現類似的事件，那也是好事，只是知道

底細的李新原一夥都是死無對證，無從查起啊。」

周宣想了想，沉吟著道：「藍山，我倒是有了點兒頭緒。但也不能說就是真找到了線索，只是覺得有可能會有用。」

藍山一怔，霍地一下從沙發上站起身盯著他道：

「什麼頭緒？趕緊說來聽聽！」

周宣沉吟著說道：「聽李金龍說，無數的好手幾乎把偃師的地皮都翻了幾個個兒也沒能找出來，我猜想，如果真有這個古城的話，那一定埋得很深，淺挖是挖不出來的。」

藍山怔了怔，道：「啊？你找到了什麼線索？」

周宣呵呵笑了笑道：「我話還沒說完嘛，我想，這個古墓穴應該很深，深到無法想像的地步，所以幾千年都沒有人能找出來。而如果李新原已經找到古墓的入口，而偃師又沒有任何可疑跡象的話，我在想，是不是這個入口根本就不在偃師縣城？」

「不在偃師縣城？」藍山倒是很奇怪了，「不在偃師縣城那又能在哪兒？從各方面的資料顯示，這個古城遺址就在偃師縣城這個地方。」

周宣笑笑說：「我沒說古城寶藏不在偃師縣城這個地方，我只是說入口，入口可能不在偃師縣城。」

藍山喃喃道：「不在偃師縣城，那會是在哪兒？」

周宣揚了揚電子筆，把錄音又放了一遍。

藍山聽了，皺著眉頭道：「我已經聽了無數遍了，而且也是當面跟她談過的，從觀察中，我覺得李新原的妻子是沒有撒謊的，她應該是不知道詳情，她本人都不知道的事，你怎麼能知道？僅僅從錄音中？」

周宣笑笑道：「我也沒說李新原的妻子知道事情的真相，我只是說從她的話中找到了一點點線索！」

周宣說著，又把錄音倒回去，把李新原提繩子的段落給藍山放了兩遍。

藍山明白了周宣的意思，說道：「提了一大圈繩子嗎，這有什麼值得懷疑的地方？」

周宣搖了搖頭，然後道：「藍山，我也只是猜測，因爲之前我在美國曾經遇到過一些事情，從那次經歷中，讓我聯想到一點點線索，這個入口會不會是一個天然的坑洞之類的？因爲像這樣的自然環境才不會引起很多人的注意；二來，天坑歷來有神秘之感，鑽天坑這麼危險的事，人們一般不會輕易去嘗試。」

藍山不置可否地笑了笑。

周宣又道：「李新原的妻子不是說，李新原很意外地拿了一大圈繩子嗎，是不是需要下很深的坑道呢？」

藍山也沉思起來，雖然周宣說的並不是很著邊，但也不是一點道理也沒有，目前的事也

沒有任何頭緒和進展，從這上面找找突破口也不是不行。

想了想，藍山當即通知李勇、方建軍，把李金龍等所有人都叫到他房間裏來。

當人員都到齊後，連魏海洪、魏曉晴和傅盈都跟著來了，偌大的房間頓時顯得有些擁擠起來。

王強、王勝兄弟，李金龍叔侄和侄婿四人，魏海洪、魏曉晴叔侄，周宣和傅盈、藍山、李勇、方建軍、凌慧，一共是十四個人。藍山瞧了瞧眾人，點了點頭道：

「都來了，嗯，你們有幾個是偃師本地人？」

凌慧舉了舉手，李金龍叔侄婿四個人都是偃師本地人，王強、王勝兄弟卻是鄰市的。

藍山點點頭，擺著手示意了一下，然後問道：「我問的事，是要對本地最熟悉的人才知道。」

要談到對偃師本地的熟悉程度，那除了李金龍還能有誰？他們幹這行的，對附近方圓百里幾乎都可以做到像地圖一樣，無不存在腦子中。

凌慧雖然也是本地人，但若說對本地地形的熟悉，那比李金龍就差得遠了，就是連李權、李飛虎和王大貴都遠為不如。

「藍山，你說吧，要說對本地的熟悉，這個，呵呵，你也不是不知道，我應該算是很熟悉的吧。」李金龍知道藍山說這些話的目的，其實就是他，對他的底細，藍山只怕早就是摸熟透了的。

藍山笑笑說：「老李，你對偃師的地形肯定是很熟悉的了，偃師附近有沒有地形比較奇特的地方？比如說天坑地縫什麼的？」

「天坑地縫？」李金龍怔了一下，原以爲藍山是要問偃師縣城內哪些地方最爲可疑，最有可能是古城遺址藏寶的地方，誰知道他卻問了個這樣的問題。

「天坑地縫這種很奇特的地貌，在河南是很少的，在我國卻又算是比較多的。在我國，大部分分佈在四川、重慶、湖北、廣西一帶，河南幾乎是沒有！」李金龍瞇著眼想著，一邊搖頭一邊說著。

周宣皺著眉頭，要是連李金龍這種老地頭蛇都說沒有，那就是沒有了，看來這一次腦子中的反應是錯了。

王強兄弟不是洛陽人，雖然對洛陽也不陌生，但若說小地方，那就肯定沒有李金龍熟悉了。

李權和李飛虎兄弟以及妹夫王人貴也差不多，想來想去也沒有想到的。

就在大家都沉默著的時候，凌慧有些猶豫地說道：「像水井那樣的算不算？」

「水井？」李金龍詫道。

凌慧見眾人的目光都瞧著她，心裏有些慌亂，囁嚅著道：「我中學的時候，跟幾個同學

到偃師縣城西的小陽山去玩，小陽山東頭坡處有一個小天坑。」

凌慧說到這裏，李權忽然道：「小陽山那個……哎呀，真是忘記了，不過那能算天坑嗎？無底洞吧？」

這一說起來，李金龍叔侄幾個都想了起來，李金龍說道：

「你這一說，我倒是想起來有這麼個坑，在偃師城西四公里外。小陽山很偏僻，周圍幾裏都沒什麼居戶，但那個坑與天坑有一些區別，第一是面上洞口不大，只有一米多的直徑，扔石塊下去後聽不到墜底的響聲，但洞口冬暖夏涼。

小時候，張村有一個小孩失足跌進去後，他家裏曾經請了幾個人放繩下去，不過到兩三百米後仍然沒有到底，就不敢再下去了，結果那小孩子的屍體也沒有弄出來，後來就很少有人到那裏去了。這個，會與古城有關麼？」

說這話的時候，李金龍忽然覺得自己的聲音都有些發顫了！因爲他忽然有一種感覺，這個無底深坑或許真與那個消失的古城有關！

藍山低著頭沉思著，以他的敏感，也對這個坑有了興趣，再說，那個小陽山離偃師縣城也就四公里，對一個古城來說，四公里就不算什麼了，又因爲距今已經三千六百多年，改朝換代的，誰又能確定古時的偃師屍鄉溝的地址就一定得是在現今劃定的偃師縣城界內呢？

無論如何，這也算是現在唯一的進展吧。

藍山有了決定，抬起頭來對凌慧道：「凌慧，你立即通知局裏吳局長，給我們準備探洞的工具，要迅速！」

凌慧趕緊站起身應聲。

藍山又道：「另外，你再給吳局長通知一下，派警力將小陽山監控起來，二十四時守候，不得放任何人進去。」

凌慧應聲出去。

「老李，你們還有什麼準備？需要什麼？我們即刻動身！」藍山又對李金龍說著。

李金龍點點頭道：

「有，我們需要回一趟家裏，呵呵，這個，我們需要專業的工具，還有，祖宗的那張地圖，也有用吧。」

藍山當即指派了李勇與方建軍跟李金龍、李飛虎、王大貴去他們家中拿工具，王強兄弟和李權就跟隨他們先行往小陽山去，兵分兩路進行。

李勇和方建軍、李金龍五個人開了那輛別克商務車，六個人也不擠，藍山這邊就開那輛十二人座的麵包車。

周宣這邊仍然還有八個人，魏海洪、魏曉晴、傅盈、藍山、王強、王勝、李權，加上他自己。

藍山留下李權也是有道理的，李權是偃師本地人，地形熟，又會開車，由他來帶路。

出了偃師縣城西，開車到小陽山只用了十分鐘，車停在山腳的路邊。

一行八個人沿著山路上山。小陽山其實並沒有多大，山勢也不高，最多也就五六百米的高度，方圓也不過兩三里，東頭那邊很陡峭，路也沒有，樹林倒是很茂盛，上山西北面有一條小路，路面雜草叢生，看得出來已經很少人走了。

李權在前邊帶路，大約又走了十來分鐘便到了山頂，再從東頭下斜坡，再兩百米便到了。

隔著那個黑黝黝的洞口還有十多米的距離時，一行人便覺得臉上和裸露的皮膚上有冷颼颼的寒意。洞口處是個半斜坡，洞前邊是陡坡，下邊是樹林，洞口裏噴出冷颼颼的涼氣，簡直就如同是強勁之極的空調。

周宣伏在洞口邊往下看了一下，洞口是圓形，大約只有一米五的直徑，往下只看到三四米的距離，再往下便漆黑一團，什麼也瞧不見了。

從下往上的冰涼氣流能明顯感覺得到，周宣拾了一塊拳頭般大的石頭往裏一扔，隨即側著耳朵注意聽著，這個動作持續了一分多鐘，依然沒有聽到石頭落到底部的聲音。

周宣搖搖頭，這個深不可測的洞跟在美國那次的那個水洞又不同，但有一點是相同的，那就是同樣都令人恐懼。

魏曉晴在周宣身邊也拾了塊石頭學著他扔下去，然後側耳聽著。周宣見她離洞口太近，趕緊把她拉後了些，說道：「一個女孩子家，也不知道害怕！」

王強和王勝兄弟把背來的工具扔在地上，一邊查探著洞口附近的地勢，一邊在紙上畫著各種數據。

周宣饒有興趣地瞧著，想必這是在計算著洞裏的入口深度和方向距離吧，他們長期做的就是鑽地打洞的活兒。

其他人都坐在洞口外的空地上等著李金龍等人的到來。

魏曉晴給周宣拉著退開來後，半天也沒聽見自己扔的石塊落底的聲音，不禁伸了伸舌頭，臉上有些恐懼的表情：「好深啊！」

「那還用說！」李權是本地人，對這個洞的瞭解要多得多，聽了魏曉晴的話便道：「在寒冬的時候，洞裏還會有霧氣升出來，霧氣多到可以籠罩住整個山頭，六月天暴雨過後，有時還會有彩虹從洞裏升到天上。」

「彩虹？你真見過有彩虹從這洞裏出來？」魏曉晴很是驚訝地問道。彩虹她倒是見過，但從洞裏出來可就從來沒見到過，

李權點點頭回答著：

「是啊，我親眼見過，從這洞裏出來連到天上，我見過五六次，每次都是暴雨過後。聽老人們說，這是洞裏有修煉的妖仙在煉丹吐氣，彩虹就是妖的內丹！」

周宣有些好笑。雖然對未知的事物有恐懼感，但對於仙妖魔鬼一說，他還是從不相信的，他相信這個世界有異能，有外星人，有很多很多不知道的奇異的東西，但絕不相信鬼神妖怪一說。

傅盈也是笑笑說：

「彩虹是因爲陽光折射到空中接近圓形的小水滴，造成色光反射而成。陽光射入水滴時會同時以不同角度入射，在水滴內亦以不同的角度反射。當中以到四十度左右的反射最爲強烈，形成我們所見到的彩虹。形成這種反射時，陽光進入水滴，先折射一次，然後在水滴的背面反射，最後離開水滴時再折射一次。因爲水對光有色散的作用，不同波長的光的折射率有所不同，藍光的折射角度比紅光大。由於光在水滴內被反射，所以我們看見的光譜也是倒過來的，紅光在最上方，其他顏色在下方！」

傅盈的這個解釋可以說是直接明瞭的教科書形式，大家都聽得明白。

李權對科學文化知識的瞭解，如何能及得上在國外高等學府受教育的傅盈？但李權同樣對傅盈的說法不置可否。在他看來，老師教的也不一定就全對，就比如對鬼神吧，他們幹盜墓這一行，最是講究了，盜的是死人的東西，對死人的規矩也多，否則是帶不走死人東西的。

閒話說著，時間過得也快，二十分鐘後，李金龍、李勇他們五個人帶了工具就趕來了，而在他們到後五分鐘左右，凌慧也趕到了，跟她一起的還有局裏的六七名員警，帶來了幾大袋子探洞的器械。

凌慧又向藍山彙報道：「首長，小陽山四周五百米以內都有便衣員警守著，絕不會有外人闖得進來。」

凌慧和一起來的幾個員警又把袋子打開，將帶來的器械取出來，有強光燈、攝影機、尼龍繩、鋼絲滑輪，還有一個顯示接收器。

其中一個員警介紹道：

「首長，這種鋼絲滑輪可以固定在上面，鋼絲的長度是一千米，承重量是四百公斤。上升和下滑的速度最高可以達到一分鐘三十五米，下滑時，速度可以自行調控。」

隨後又拿出十幾部手機一般精巧的通訊設備，那個員警又介紹道：

「這個是無線強力對講機，防震防水，通訊距離可以達到兩千米。有障礙的情況下可以達到兩百米。」

最後拿出來是一批防毒面具，看來吳局長對他們的要求也準備得挺充分。

李金龍他們帶來的除了盜墓所需要的一切工具外，還帶了一個竹筐，一隻雄雞，一個馬

尾燈，還有一段紅布。

那個燈，周宣見過，有的地方叫馬尾燈，有的地方叫馬燈，小的時候，老家還沒通電的時候就是用的那種燈，外面有一個玻璃罩，底部是鐵製的油盒，裏面裝了煤油，燈點亮後，蓋上玻璃罩，風便吹不熄了，這個燈在現在便不常見了，因爲沒通電的地方已經基本沒有了，即便遇到停電，也有蠟燭照明。

在周宣老家，天坑倒是不少，但通常都比現在這個要大得多。沒有這麼小的，老家的天坑最小的也有數百米寬，隔壁劉二叔家的老黃牛在後山天坑處吃崖邊草時，失足跌落到天坑裏，劉二叔便請了人到天坑裏去拉那條牛。

周宣一起有十多個小孩都跟著觀看，對天坑，他們都有一種恐懼和好奇。

劉二叔請的那些人，就是先用竹筐裝了一隻雄雞和一個馬燈放下去，周宣在那個時候就聽說了，馬燈的用處是試探天坑底有沒有氧氣，因爲燈在燃燒的時候是需要空氣的，如果沒有空氣，那燈就會熄滅掉。

雄雞的用處基本上差不多，一是試探天坑底有沒有空氣，二是試探天坑有沒有怪物之類的東西。聽老人們擺龍門陣的時候說起過，那些老洞，天坑裏通常都會有妖物在裏面修煉，放雞下去就是看有沒有妖物，如果有的話，那是會吞吃掉雞的。

李金龍先點燃了馬燈，蓋好罩子後放進筐中，那隻雄雞給綁住了腳和翅膀，動彈不得，只是咕咕叫著。

竹筐邊上有三個耳子，用尼龍繩繫好三個耳子後，又把紅布攔腰纏上，這有個名堂，叫做「放紅」！因爲紅有敬神和避邪的意思。

李金龍做好這些後，就準備把筐往洞裏放，藍山忽然叫道：「慢著！」

李金龍怔了怔，問道：「還要等嗎？」

藍山搖搖頭，指著竹筐說：「在竹筐上面的繩子上再繫上一個強光燈，再把攝影機綁上，看看能不能看到什麼。」

李金龍恍然大悟，這樣當然是更好。當即又把攝影機和強光燈綁在竹筐上面後，打開強光燈，然後再慢慢放下去。繩子很長，一圈差不多有三百米，一共帶了四圈過來。

跟凌慧一起來的員警又把顯示器調試好，螢幕上立時顯示出攝影機鏡頭對著的方向的圖像。

竹筐往洞裏放下後，下放到一百來米便只見到有一點點如星星的微光，一圈繩子放完後，微光都見不到了，但竹筐還沒沉到底，李金龍一招手，李飛虎趕緊又拖過來一圈，把結頭接上後，又再往下放，看著繩索一圈一圈往洞裏放下消失，洞口邊的人都不禁倒抽涼氣！

周宣也是腦袋頭皮都發麻，在美國那次，水下陰河洞裏雖然陰森恐怖，但卻只有兩百多米深，哪像這個洞，真像沒有底一般。

攝影機鏡頭並不是對著朝下的方向，所以顯示器裏看到的始終是岩石崖壁。

緊接著，第三圈繩子也快放完了，李飛虎把最後一圈繩子拿過接上，洞口一圈的人都是臉色沉沉的不太好看。放下去的繩子已經有九百米了，這洞都還沒到底，那人下去又會是怎麼一番景象？

李金龍叔侄婿四個人和王強兄弟的面色都不太好，他們是盜墓好手，掘洞進墓沒有一千，也有八百，但卻是都沒有入過天坑，下過這麼深的洞穴。

洞越深，也就越超出他們的想像之外，繩子越放得多，也就越恐懼。

最後一圈放到差不多五十多米的時候，繩子的壓力一鬆，顯示器螢幕上晃動了一下，接著穩定下了。

那員警立時興奮地叫了一聲：「到底了！」

因為太深，拉動繩子也沒有辦法調整鏡頭的方向，只能瞧到鏡頭對著的那一方，這一面在強光燈的照耀下，也只能看到五六米遠的地方，前面顯然延伸的是一個橫向的洞穴，黑黝黝的見不到頭。

接下來，大家就只有等了。李金龍設定的時間是十五分鐘，如果洞底沒有空氣的話，十五分鐘足以試出來了，那雄雞是不可能在沒有空氣的情況下活十五分鐘的。

看著時間一分一秒地過去，到十五分鐘時，李金龍便沉聲道：「飛虎、大貴，拉！」

李飛虎應聲一用力，就在這時，繩子往上提動的時候，鏡頭動了一下，顯示器螢幕上也晃動了一下。

李金龍一瞥到螢幕上時，頓時揮手道：「飛虎，停，別動！」

李飛虎和王大貴一怔，隨即拉著繩子停下來不動。

李金龍仔細瞧著螢幕上，螢幕上這時候顯示出的是橫向洞穴上方的岩石壁，岩石壁上有五個大字。

這五個字很難認，又像篆字又像形體，第一個字彎彎曲曲的，瞧樣子有點像一個「九」字！不過後面的就認不出了，周宣瞧了一會兒，又看看其他人，也都認不出。

李金龍卻是神情大變，顫顫抖抖地從背包裏取出一個小布包來，那布顏色暗淡，彷彿是很多年前的東西。

李金龍將布包一層一層打開，在眾人的目光中，揭開最後一層布面，露出的是一面好像是粗麻織成的一塊布，布上面是一幅圖，只是圖很古怪，彎彎曲曲的，好像是建築圖，但跟現在的建築圖又完全不一樣，圖的上方有五個字。

看到那字時，周宣怔了怔，瞧了瞧顯示幕螢幕上，螢幕上那岩石壁上的五個字，跟這圖上的五個字竟然是一模一樣的！

周宣心裏一動！難道就真那麼碰巧找到了古城？真就找到了寶藏？或許還有那個可怕的

天外異石？一時間又是驚喜又是害怕！

驚喜的當然是自己想到李新原妻子說繩子的事是對的，現在終於找到了消失的古城的地址！害怕的是，那殺人於無形的天外異石，從袖珍棺材的恐怖之處便可以想像出它的可怕，自己要如何應對？

努力鎮定了一下心神，周宣屏住怦怦跳動的呼吸，又運起冰氣測了一下李金龍手中的那幅圖。

得出的結果是，有三千六百年的年份！看來這個傳說的真實性便有些可信了！

第五十五章

九曲十八窟

岩石壁上的五個字跟圖上的五個字是一模一樣的，
叫做「九曲十八窟」！是李家先祖最高深的工藝技術，
九曲十八窟這工藝名字，代表了建墓風水機關的最高技藝！

李金龍捧著圖呆愣了半晌，待恢復了情緒後，瞧了瞧眾人的目光，都是瞧著他。

李金龍深深呼了一口長氣後，這才顫著聲音道：「藍山，我估計，這裏的確就是古城寶藏的入口了！」

藍山面色雖然也略有些激動，但卻比其他人沉穩得多，沉聲道：「你說說看！」

「你看，」李金龍指著螢幕上的五個字說，「你們看，那岩石壁上的五個字跟我這圖上的五個字是一模一樣的，這幾個字叫做『九曲十八窟』！」

「九曲十八窟？這又是什麼東西？又是什麼意思？」藍山盯著那螢幕問著。

李金龍確實有些激動，手仍然有些顫抖，聲音也有些發顫：

「九曲十八窟，那是我們李家先祖最高深的工藝技術，九曲十八窟是這個工藝的名字，它代表了建墓風水機關的最高的技藝！」

李金龍努力讓自己平靜下來，然後又繼續說著：

「我這幅圖就是先祖遺傳下來的九曲十八窟的工藝圖紙之一，這個圖其實只是一個總平面圖，製作建造的技術卻是已經失傳了。不過，我倒是可以肯定，這個入口就是古城寶藏的位址，因為當年我先祖被子湯王徵去建造這個古墓後就沒再回來，這個洞裏岩石壁上的那五個字，無論從筆劃和筆法上都跟我先祖這圖是完全一樣的，」李金龍喘了一口氣，「就是說，這岩石壁上的字就是我先祖所留！」

李金龍的話，旁人還沒明白什麼，但是藍山和周宣已經明白了他的意思。就是說，偃師屍鄉溝古城寶藏這個傳說確實存在，雖然也搞不清現在洞底到底是寶藏還是災難，但有這回事倒是可以肯定了。

李金龍是太震驚太激動了，完全沒料到自己先祖和無數前輩的盜墓好手費了一生的心血都找不到的這個寶藏，竟然給自己在今天看到了。

李金龍呆愣發怔的時候，李飛虎拉著繩子頗有些吃力地道：「三叔，要拉嗎？」

李金龍這才省悟過來，趕緊道：「拉，拉，快拉上來。」

筐子不重，但拉著百多米的繩子卻是不輕，幾個員警上前一起幫忙，跟著李飛虎和王大貴倆人拉繩索，速度頓時快得多了。

螢幕上的燈光也晃動得厲害，周宣在洞口邊把冰氣往洞裏探了進去，不過盡了全力也只能延伸到六七米的地方，冰氣仍沒能恢復到以往的程度。在美國那次，冰氣異能達到頂點時，在空氣中都能延伸達到十一二米的距離。

竹筐拉上來後，所有人都圍了上來，竹筐裏的馬燈仍然亮著，凌慧取下了強光燈和攝影機。

李金龍把雄雞拉出來，抽出腿上的匕首割斷綁在牠腳上和翅膀上的繩子，一鬆手，那雄雞就飛落在地「咯咯咯」叫著跑了。

看來洞底是有空氣的，雖然深，卻是通風沒有毒氣的。

凌慧帶來的鋼絲滑輪只有四個，這種滑輪只能單獨使用，所以下去的人只能是四個。這就要選擇確定人選。

藍山瞧了瞧，沉吟了一下，然後說道：「老李，這一次下去探洞，你們定兩個人，我們定兩個人，你決定你們的人選，我決定我們這邊的。」

李金龍點點頭，然後轉身把李飛虎和王大貴、李權三個人叫到邊上，低聲商量著。

藍山看著這邊的幾個人，想了想對周宣道：「小周，我們兩個下去吧。」

周宣知道藍山的心思，因爲只有他一個人才能夠防範那種致命的東西，而這個秘密別人都不知道，甚至連李勇和方建軍都不知道。

傅盈在一邊拉住了周宣直接道：「我不同意。」

魏海洪也有些擔心，看著這個深不見底的洞著實有些令人恐懼，他經歷的事很多，大場面也見得多，但像下天坑進陰河，這些恐怖的事情倒是一回也沒有經歷過，不由得不擔心。

周宣咬著唇想了想，還是開了口：

「我下去吧，這洞雖然很深，但放下去的雞也沒事，活得好好的，馬燈也是亮著的，證明是通風有空氣的，我先下去探探，應該沒有想像中那麼可怕，別擔心。」

說不擔心，那是不可能的。天坑這東西，天生就會讓人恐懼，何況像這種入口洞又特別深的，那就更加令人心生懼意。

李勇和方建軍倆人都要跟藍山替換，要爭下去的這個名額。

藍山明白他倆的意思，這是不想讓他先冒這個險，便笑笑搖了搖頭道：

「我已經決定了，讓凌慧通知局裏再加緊派送滑輪和防凍服過來，到時候你們再下來。呵呵，從錄影中看，也沒什麼危險。」

凌慧趕緊打電話給吳局長，把這邊的情況和需要說了一下。吳局長叫他們這邊先等候著，他立即調人送物資過來。

鋼絲滑輪最長的長度是一千米，下這個洞幾乎是剛剛好，如果再深一百米就不夠用了。

李金龍那邊也商量好了，就他跟侄子李飛虎下去。商議已定，藍山、周宣、李金龍、李飛虎四個人就開始鎖上鋼絲繩扣，背了防水背包，裏面裝的是必需的一些器具，甚至還有一些吃喝食物和飲用水。

李金龍和李飛虎還背了他們幹那一行所用的工具，周宣當然也不知道是些什麼，他也沒盜過墓。

本來王強、王勝兄弟倆倒是想先下去，但一來他們沒有李金龍他們地頭熟，二來做主的是藍山，所以也就只有等著。

魏曉晴是個女孩子，好玩的事喜歡湊熱鬧，但像這麼危險恐懼的事還是害怕，別的人她反正也不認識，也就不擔心，但周宣也要跟著下去，那她心裏就擔心了。

傅盈更是倔強地拉著周宣，周宣又愛又憐，嘆著氣說：「盈盈，別擔心，那錄影中你不是也見到了嗎，沒什麼危險，再說，你要實在不放心，等一會兒公安局送過來器具後，你跟著他們一起下來，這樣好吧？」

傅盈這才鬆開了手，雖然沒有說話，但眼中卻滿是憂慮。

到洞口邊，第一個下去的是李金龍，頭頂上戴了個安全帽，把帽子上的強光燈開關打開，腳蹬著岩石壁，手上戴著特製的手套，扶著鋼絲繩進了洞中。

李金龍腰間還纏了條紅布，紅布在空中飄飄揚揚的。

紅布是避邪的意思，但在周宣看起來，卻反而更讓人覺得心裏害怕。

第二個下去的是李飛虎。李飛虎五大三粗的，身體很壯實，因爲經常幹那些盜墓的事，膽子也大，倒是沒有半點畏懼的表情。

第三個是藍山，瞧他下去時的動作很純熟很敏捷，比李金龍叔侄還要乾脆俐落。

最後下去的是周宣。只有他一個人的動作是笨拙拙的，慢手慢腳下了岩石壁，然後抬著頭向洞口上邊的傅盈、魏海洪和魏曉晴擺擺手，笑了一笑。

再落下四五十米的時候，洞口的人已經看不清周宣了，只見到一丁點的亮光，再過幾分鐘，連那點亮光也瞧不見了。

李勇和方建軍當即讓眾人稍稍退開了些，把洞口邊的石頭也撿開了扔到後面，免得掉落下去砸到下去的人，這麼高跌落的石塊砸到人可是致命的。

李金龍和李飛虎叔侄倆對滑輪的使用不如藍山熟，他們用慣的是繩索，因為盜墓的話，就算有深一點的墓洞，那有百十米的繩索也足夠了，哪像這個洞，上千米！

少用的東西使用起來就自然是沒那麼熟了，藍山顯然身手了得，下滑的姿勢很自然，很快。

好在周宣在美國還有一次經驗，下滑到一兩百米時便慢慢純熟起來，速度也漸漸快了些。

洞裏越到下面，倒是寬敞了一些，洞的直徑也增加到大約四五米。

近千米的深度，下到洞底也用了差不多一個小時。

到底部的時候，洞口寬距差不多有十米左右了，四面都是天然的石壁，絕不是人口鑿刻出來的，這麼深的距離也不可能是人工能做得出來的。

李金龍一到底，便朝上輕輕說了一聲：「到底了！」

只是他說話的聲音雖然輕，洞裏卻響起了一陣連環的回音：「到底了，到底了，到底了……」

雖然是李金龍自己的聲音，但大家聽起來卻有些毛骨悚然的感覺。

四個人接連下到了底。藍山調了調對講機，試了試，說了話，但洞上面卻沒有回音。

藍山又讓李金龍叔侄和周宣也各自拿了對講機試了一下，看來這對講機與上面的聯繫已經中斷了，但在洞底，他們四個人間卻是可以使用的。

藍山道：「算了，不管這個了，可能是超過使用距離了。大家小心，先看看情況再說。」

四個人都開著強光燈，四下裏瞧起洞底的環境來。

這個洞底有二三十個平方的範圍，東西兩方各自有延伸的洞，南北面沒有洞，是石壁。而往西的方向那個洞有強冷的空氣吹出來，往東的洞裏卻是暖氣。洞底也是呈三十度的斜坡，低的一方是西面，正在吹冷空氣。

東面洞口約有三米多高，洞口上方正是在錄影裏見到的「九曲十八窟」那五個字。

李金龍解開鋼絲鎖扣，把頭頂的強光燈對著西面的洞走過去瞧了瞧，這洞口矮得多，只有一米多高，李金龍到洞口伏低處一瞧，洞裏是一暗河，水流很急湍，黑乎乎的，看不出來深淺，右邊的下游方向水是滿的，洞裏沒有空隙，左面的上游水面與頂上的岩石約有半尺左右的空間，那冰冷的空氣就是從這個空間裏吹出來的。

李金龍就待了這一分多鐘的時間，臉上卻彷彿給冬天的寒風吹了一般，冰冷又發疼，趕緊退了開來。

地底的岩石光潔潔的，沒有一塊石頭，想必上面扔下來或者是掉下來的石頭都滾落進那陰河中沖走了，所以地底才是光潔乾淨的。

李金龍把周宣、藍山幾個人叫到一起，然後進到九曲十八窟洞口裏面。

老祖宗指的是這個方向，也只有這一條路可行，西面的那陰河洞裏不用說，是行不通的。

進入往東的洞口後，洞漸漸寬了起來。前進到五六十米的時候，空間忽然大了起來，有如進入到一個五六百平方的超大廳。洞裏石筍在頂上倒豎，頂上高約三四十米，這些倒豎的尖石筍如一根根的大釘，周宣心裏在想著，它們會不會掉下來撞在頭上？

洞的前方有十多個兩米左右高的小洞穴，周宣瞧了李金龍。李金龍帶著李飛虎卻是到右邊的石壁邊上去了。

周宣瞧著面前這十多個小洞直是發愣，伸著手指仔細數了一下，剛剛好十八個洞，心裏就有些嘀咕了，難道真是什麼「九曲十八窟」了？

藍山也站在周宣處仔細打量著，用強光燈照了照這些小洞口裏面，洞裏面是彎曲的，瞧不到多遠，也就幾米的樣子。

周宣貼著洞口放出冰氣，七八米外依然是黑深深的洞，探不出究竟來，然後又一個一個

洞口的挨次試探過了，結果全都是一樣。

藍山也不知道他在幹什麼，又瞧瞧李金龍，卻見李金龍蹲在岩壁邊向他們直招手。

藍山趕緊叫了周宣一起過去，李金龍和李飛虎叔侄倆蹲著的岩石壁邊有一具死人白骨，靠著石壁，看樣子是坐著死的。

周宣和藍山看到死人骨架的第一反應便是：這洞裏是有人來過的！

李金龍低聲說道：「這具白骨，我估計與咱們李家先祖有關，你們瞧瞧這個！」說著，把手裏拿著的一個陳舊的木盒子打開，木盒子裏面是一疊跟李金龍在洞上面拿出來給他們看過的「九曲十八窟」祖傳機關圖的麻布一樣的東西，只是這些麻布上面的不是圖，而是字。

藍山把麻布塊拿過來，一片一片地翻開看，看過後忍不住搖了搖頭，這些字他一個都不認識。

李金龍也不認識，周宣瞧了瞧，也一樣，沒有一個字認識。

「都不認識，你怎麼知道這就跟你先祖有關？」藍山不解地問他。

「你瞧！」李金龍翻出最後一片麻布塊，指著最下面右角的兩個字，說道：「你們瞧，這兩個字我認識：『李奉』，我那祖傳的機關圖上面就有這兩個字，李奉就是我們李家的那位先祖！」

說著，李金龍又把那機關圖取了出來，然後指著圖下面的印鑑上兩個小字說：「你們瞧一下，看看是不是一樣的？」

藍山和周宣把兩塊布攤開在地上，用強光燈照住，仔細對比了一下。機關圖上面的字雖然小一些，但字的樣子形態跟這洞裏那麻布上的字，果真是一模一樣的！

這應該是沒錯了！

藍山又問道：「除了這個木盒子，還有其他別的東西沒有？」

李金龍搖了搖頭：「沒有了。不過我很奇怪，我們先祖這個骨架應該是被人動過的，你們瞧，那左小腿處已斷裂開來，成了一堆粉末。」

周宣和藍山都瞧過去，那架白骨靠著石壁，顯示著坐姿，兩條腿是半伸在面前的，但右腿是完好的，左腿正中間處卻有一小段成了碎末，碎末上面明顯的是一個鞋印。

而且這鞋印有很明顯的花紋，看樣子是運動鞋的花紋，這樣想來，那的確是有人進來過。

難道是李新原他們來過？可是他們又怎麼會找到這個地方的？

百思莫得其解，但顯然又無可奈何，因爲李新原他們七個人全都死了，沒有任何的證據能證明。

待了一會兒，藍山又指著前邊那十八個洞口說：「沒有別的東西，也就沒有必要把心思

和時間浪費在這兒了。老李，你瞧瞧，那邊十八個洞，應該從哪一個進去？」

李金龍這時才一怔，轉身瞧了瞧前邊那十八個洞口，愣了半晌才道：「老天！真是九曲十八窟，真是九曲十八窟！」

李金龍發著愣，他侄子李飛虎卻是不知道這些秘聞，所以也莫名其妙的。李家祖先，每一代都是只有一個傑出的後人才會知道祖傳下來的秘密，也只有在他臨死的時候才會再傳給下一代，所以李家除他之外，幾個子侄和侄婿都不知道。

不過，李新原那一支人應該跟他們一樣吧，想來也應該有一個人知道這秘密。

當然，李新原他們的事也只有藍山和周宣更加清楚，從藍山國安局的史鑑秘聞和李金龍這偃師李家的祖傳，以及各方面傳說的偃師屍鄉溝遠古古城的文明來看，李新原那一個集團確實應該是找到了寶藏的位址，也同時帶出去了那個致命的袖珍棺材。

周宣不知道在這個洞底還有多少那樣的東西，也不知道那個天外異石的傳說究竟是真的還是假的？

但願是假的吧，不過周宣從心底裏隱隱有些明白，真的可能性反而更大，否則那個袖珍棺材的事就沒法解釋。

周宣在李金龍瞧著十八個洞口發愣的時候，便把冰氣運出去探測他手中那個木盒子裏的麻布片，冰氣一接觸那些東西，周宣腦子中便顯現出，木盒子是鋼木做的，麻布也不是純粹的麻布，而是以一些特殊的物質夾著黃絲麻織纏而成，否則以普通的麻布，幾千年下來，早風化成灰了，就好比那石壁邊李奉的枯骨吧，隨便一動便成了粉末。

不過從下洞一直到現在，周宣也沒覺察到一絲像袖珍棺材那上面帶的死亡氣息，當然，這個白枯骨李家祖先是怎麼死的也搞不清，是不是也是受到了袖珍棺材那類輻射致死？現在李奉只剩下了一堆白骨，甚至都已經全部風化，只要用手指輕輕一觸，便會粉碎成末。而周宣用冰氣能分辨出的那種物質，也只存在於人體的血液中，人死了幾千年，血液大都消失腐化，當然也就無法從血液中來分辨查探了。

李金龍把祖先那張機關圖拿出來仔細瞧了半天，可那張圖只是九曲十八窟總圖中的一小份，這便如你看書，百萬字的書你只挑了中間的一萬字來看，那就像是盲人摸象，如何能清楚事實？

瞧來瞧去，他手上這幅圖也沒有十八個洞口的圖面。

藍山想了想道：

「我看這樣吧，咱們先隨便挑一個洞口看看，走不通的話，再接著回來走第二條。你瞧這些洞，全是天然而生的石窟，而你那祖傳的機關圖卻是人工的，機關是危險，但天然洞窟應該就不會有那些危險了。」

李金龍覺得藍山分析的也有道理，點點頭道：

「也好，那我們就從左面第一個洞口探起吧，這樣有個先後順序，一個不成再走下面一個，挨個挨個來，也不會漏過，這樣好！」

決定過後，便首先選了左邊第一個洞，李飛從背包裏又取了一個手提強光燈出來，把頭上那個燈調成散光，這樣身體周圍的地方都可以見到，而手中提著的強光燈便只照著前面。

李飛虎提著燈走在了前邊，周宣趕緊跟上去，把冰氣異能運起來直探到前方，這樣至少在他們前方未到的七八米的距離都掌握在周宣腦子中。

藍山排第三，李金龍倒是走在了最後。

岩石洞始終都只有兩米高，一米五寬的樣子，而且基本上都是三四米一個彎，彎彎曲曲轉了幾個圈後，根本就不分東西南北了，即使真到了傳說中那古城位址，也不能肯定就是在現在的偃師城腳底下。

大約走了十五分鐘後，李飛虎提著燈仍在往前行，這個洞似乎無窮無盡一般，永遠沒個盡頭。

也就在這時，周宣忽然一把拉住了李飛虎，道：「慢著，等一下。」

李飛虎怔了一下，回頭問道：「什麼事？」

周宣說道：「慢一點，看著腳下走，前面是陰河！」

李飛虎和後面跟上來的藍山和李金龍都怔了怔，李飛虎瞧了瞧前邊，三米外又是個彎道，哪裡有什麼陰河暗河的？

周宣自己也怔了怔，立即意識到失言了，馬上側著耳朵道：「我的耳朵很靈，我聽到水流聲，轉彎過後應該就是。」

李飛虎半信半疑的，隨即又提著燈往前行，轉過彎後再走了三米遠，忽然驚道：

「真的是河！」

請續看《淘寶黃金手》卷四　古墓奇珍

【附錄】

兩岸主要古玩市場・市集地址

台灣古玩市場・市集地址

台北市建國假日玉市：北市仁愛路、濟南路及建國南路高架橋下

台北市光華假日玉市：新生北路與八德路口

台北市三普古董商場：台北市新生南路一段十四號

台北市大都會珠寶古董商場：台北市中山區松江路二九一號B1

新竹市東門市場：新竹市東區中正路一〇六號

台中市立文化中心周遭：英才路、美村路、林森路、公益路、金山路和民生路等地段

台中市第五期重劃區：大隆路、精明一街、精明二街、東興路和大業路等地段

彰化：彰鹿路

高雄市：廣州街、廈門街、七賢三街、中正路、大豐路等

大陸古玩市場．市集地址

北京古玩城：北京市朝陽區東三環南路廿一號

北京潘家園舊貨市場：北京市朝陽區華威里十八號

上海國際收藏品市場：上海市江西中路四五七號

天津古物市場：天津市南開區東馬路水閣大街三十號

天津古玩城：天津市南開區古文化街

重慶市綜合類收藏品市場：重慶市渝中區較場口八二號

廣東省深圳市古玩城：廣東省深圳市樂園路十三號

廣東省深圳華之萃古玩世界：廣東省深圳市紅嶺路荔景大廈

江蘇省南京夫子廟市場：江蘇省南京市夫子廟東市

江蘇省南京金陵收藏品市場：江蘇省南京市清涼山公園

浙江省杭州市民間收藏品交易市場：浙江省杭州市湖墅南路

浙江省紹興市古玩市場：浙江省紹興市紹興府河街四一號

福建省白鷺洲古玩城：福建省廈門市湖濱中路

福建省泉州市塗門街古玩市場：福建省泉州市狀元街、文化街及鐘樓附近

河南省洛陽市西工古玩市場：河南省洛陽市洛陽中州路

河南省洛陽市潞澤文物古玩市場：河南省洛陽市九都東路一三三號

湖北省武昌市古玩城：湖北省武昌市東湖中南路
四川省成都市文物古玩市場：四川省成都市青華路三六號
遼寧省大連市古玩城：遼寧省大連市港灣街一號
遼寧省瀋陽市古玩城：遼寧省瀋陽市瀋陽故宮附近
黑龍江省哈爾濱市馬家街古玩市場：黑龍江省哈爾濱市南崗區馬家街西頭
吉林省長春市吉發古玩城：吉林省長春市清明街七四號
山東省青島市古玩市場：山東省青島市昌樂路
河北省石家莊市古玩城：河北省石家莊市西大街一號
山西省平遙古物市場：山西省平遙縣明清街
山西省太原南宮收藏品市場：山西省太原市迎澤路
陝西省西安市古玩城：陝西省西安市朱雀大街中段二號
安徽省合肥市城隍廟古玩城：安徽省合肥市城隍廟
甘肅省蘭州古玩城：甘肅省蘭州市白塔山公園
雲南省昆明市古玩城：雲南省昆明市桃園街一一九號
江西省南昌市滕王閣古玩市場：江西省南昌市滕王閣
貴州省貴陽市花鳥古玩市場：貴州省貴陽市陽明路
湖南省長沙市博物館古玩一條街：湖南省長沙市清水塘路

淘寶黃金手 卷三 豪門秘辛

作者：羅曉
出版者：風雲時代出版股份有限公司
出版所：風雲時代出版股份有限公司
地址：105台北市民生東路五段178號7樓之3
風雲書網：http://www.eastbooks.com.tw
官方部落格：http://eastbooks.pixnet.net/blog
Facebook：http://www.facebook.com/h7560949
信箱：h7560949@ms15.hinet.net
郵撥帳號：12043291
服務專線：(02)27560949
傳真專線：(02)27653799
執行主編：朱墨菲
美術編輯：許惠芳

法律顧問：永然法律事務所 李永然律師
北辰著作權事務所 蕭雄淋律師

版權授權：蔡雷平
初版日期：2013年3月
初版二刷：2013年3月20日
ISBN ：978-986-146-951-5

總 經 銷：成信文化事業股份有限公司
地　　址：新北市新店區中正路四維巷二弄2號4樓
電　　話：(02)2219-2080

行政院新聞局局版台業字第3595號 營利事業統一編號22759935

定價：280元　特價：199 元

國家圖書館出版品預行編目資料

淘寶黃金手 ／ 羅曉著. -- 初版-- 臺北市：風雲時代，
2012.12 -- 冊；公分

ISBN 978-986-146-951-5（第3冊；平裝）

857.7　　101024088